Illustration : bu■150

Dragon's raid
A Self-styled gofer is
Excellent in all aspects

最強パーティーの雑用係

~おっさんは、無理やり休暇を取らされたようです~

Dragon's raid
A Self-styled
gofer is
Excellent in
all aspects

[3]

peco

Illustration
bun150

登場人物

persons

レヴィ

クトーと行動を共にする駆け出し冒険者の少女。リュウに憧れている。明るくまっすぐな性格だが、ツンデレ気質故に気が強く自信過剰に見えがちで損をすることもしばしば。腕はまだまだだが、目も勘所も良いためクトーが（無自覚で）育成中。

クトー

世界最強のパーティー【ドラゴンズ・レイド】を立ち上げた一人である冒険者。「雑用係」を自称しているド級のワーカーホリックだが、膨大な魔力を有し単騎で前線を支えられるほどの実力を持つ鬼神。加えて、経営管理のプロであり、人材育成のエキスパートでもある。しかし、かわいいものに目がない変わり者。

クシナダ

温泉街クサッツにある高級旅館の女将を務める生真面目な少女。奇妙なトラブルが相次ぎ旅館が経営難になっていたが、クトーの働きと本人の努力の甲斐あって経営再建を果たした。レヴィとは裸の付き合いもあって仲が良い。

トゥス

白虎の姿をした謎多き仙人。トゥス教（本人非公認）の開祖。もとは人間だったが、仙人となり自由に姿を変えられる。今の姿は本人の趣味。クトーとレヴィの2人が「面白そう」という理由で行動を共にする。

ミズチ

【ドラゴンズ・レイド】に所属する冒険者で、時の神クロノトゥースに祝福される大魔導師。魔王討伐戦でも活躍し「時の巫女」と呼ばれている。パーティー屈指の有能さにより、現在は国との契約でギルドに出向中。可愛らしく柔和な美貌と腹の内を見せない飄々とした物言いが特徴。

リュウ

クトーの幼馴染で、彼とともに立ち上げた【ドラゴンズ・レイド】のリーダー。慈愛と創造の女神ティアムに祝福され、竜の魂を持つ唯一無二の勇者。無類の強さを誇り、魔王討伐戦で貢献した超有名人。……と、肩書は大層なものだが、本来はヤンチャで気のいい性格。

これまでのあらすじ

世界最強の冒険者パーティー【ドラゴンズ・レイド】で
雑用係をしている冒険者のおっさんクトー・オロチは、超ド級のワーカーホリック。
しかし、意地でも彼に休みを取らせたいリーダーが、
国王を巻き込んでの「休暇依頼」を【ドラゴンズ・レイド】で引き受けたことで
クトーは休暇という「任務」を果たすために渋々温泉街へ向かうことに。
そんな中で、駆け出し冒険者の少女レヴィ、
謎の仙人トゥスと出会い行動をともにすることとなった。

温泉街クサッツへたどり着いた一行は、ギルドに案内された高級宿へ足を運ぶが
そこでは"女将"というには若すぎる少女クシナダが1人で出迎えてくれた。
事情を聞くと、先代である両親が突然他界してからというもの
奇妙なトラブルが続いて経営が逼迫しているのだという。

そんな中で女将を狙った魔物の奇襲があり、
この旅館を故意に潰そうとしている存在に気付いたクトー。
そこで旅館の経営再建依頼をこなしながら、黒幕の調査を進めていくが
敵を追いかけている間に女将とレヴィが黒幕の手の者によって攫われてしまった。

一方、クトーに信頼されて女将を任されながらも敵の誘拐を許してしまったレヴィは
なんとか女将だけでも逃がそうと画策し、自ら囮となって敵と戦うことを選ぶが、
1人でドラゴンを相手取ることになり苦戦を強いられる。

絶体絶命の最中、クトーや【ドラゴンズ・レイド】のメンバーたちが駆け付け
敵を倒して事件はなんとか解決となるが、レヴィはそこで初めて知ることとなる——
今まで同じ駆け出し冒険者だと思っていたクトーが
自分が憧れる世界最強のギルド【ドラゴンズ・レイド】の創設者の1人であったことを。

そして、レヴィはクトーから持ち掛けられていた
パーティーへのスカウトの話に乗る意思を伝えた。
こうして【ドラゴンズ・レイド】への所属が決まったレヴィは
クトーとともに正式な手続きをするべく王都への帰路についたのだった。

Contents

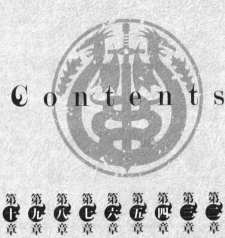

序章

――ビッグマウス大侵攻。

国土の南方を襲った魔物の群れによる大災害が、沈静化しかけていた頃。

柵が壊された村の一つで、クトーは草の上に二人の男と並んで座っていた。

「へぇ、爺様には孫がいるのかい？」

横に腰を下ろしたバラウールの言葉に、コウンという名の老人は夕日を眺めながらうなずく。

『被害を受けた各所に必要な資材を届けるのに、力を貸して欲しい』という要請を二つ返事で引き受けてくれた彼は、冒険者になって初めて知り合った相手だ。

「うむ。ほんに可愛らしい孫娘での。のう、リューク」

「キュイ」

コウンが巨大なワイバーンに話しかけると、彼女は背後に寝そべったまま返事をする。

彼は冒険者には珍しい竜騎士《ドラグーン》と呼ばれる存在である。

皺だらけの顔と、日焼けし筋張った体……年老いて痩せ、槍を肩に立てかけた姿は冒険者というより人のよさそうな農夫に近い。

「メイが生まれたのは、魔王が倒れる少し前じゃ。クトーたちのお陰で平和に過ごせておる」

「……俺にも娘がいるよ。嫁さんに預けっぱなしで、全然一緒に居やしないが」

バラウールは少しバツの悪そうな顔で頬を掻き、コウンはそれに対して軽く笑みを漏らす。

「冒険者なんてのはそんなもんじゃ」

「親らしいことなんか何もしてねーけど、守りたくてな。この討伐に参加したんだ」

そんな彼の自嘲に、コウンは懐かしそうな声音で答える。

「この件が終わったら、一度帰ってやればどうかの。……娘が可愛い、なんてのはほんの一時期のことじゃ。うちのは母親似で気が強くて、小憎らしく育ったしの」

無条件に慕ってくれる時間は短いもんじゃ、と言われたバラウールは、どう反応していいものか分からなかったのか、微妙な顔で一つうなずいた。

「娘に孫、か」

それまで黙って話を聞いていたクトーがポツリとそう漏らすと、二人はこちらに目を向ける。

「俺にはイマイチ分からない話だ」

「そりゃ、君は結婚もしてないしな」

「女を愛でるのとはまた違った感情じゃよ。そう、言うなれば弟子がそれに近いかのう。ほれ、【ドラゴンズ・レイド】の者たちは、ある意味クトーの弟子じゃろう」

その言葉に、クトーはかすかに眉根を寄せた。

「仲間ではあるが……可愛らしいと感じることはほとんどないな。そもそも連中は大半、男だ」

「育った子どもというのも、似たようなものじゃよ」

コウンが笑うのに、クトーはシャラリとメガネのチェーンを鳴らして小首をかしげて考えたが。

「……やはりよく分からん」

「ま、いずれ分かることもあろうて」

「そうか」

クトーが素直にうなずくと、バラウールは疑問を覚えたような顔をして話を続けた。

「そういや爺様は、クトーとはどんな関係なんだ？」

「儂《わし》は、クトーらとほんの一時期だけ一緒に旅をしたことがあるだけの老いぼれじゃよ」

「懐かしい話だな。……ある意味で、コウン翁は俺とリュウの師匠とも言える」

「勇者パーティーの師匠!?」

バラウールが大きく目を見開いて口元を強張らせると、コウンがしゃがれた笑い声を立てる。

「そんな大層なものでもない。その頃はまだリュウとクトーだけの本当の駆け出しだったんじゃ。パーティーの名前もなかったしの」

「だが、あの頃コウン翁に教えてもらったことが、今もレイドの基本指針になっている」

クトーは、静かに話し始めた。

コウンが出会ったのは、旅立って間もない頃。

危険で儲かる依頼を望むリュウと、堅実に依頼をこなしたいクトーは反りが合っていなかった。

「対立しながら依頼そのものはこなしていたが、あの頃は少しも儲からなくてな」

Ｆランクの薬草採取に行けば、なぜかＤランクの怒り猪《レッドブル》を退治することになり、換金可能なランクではなかったので当然大した金にならなかったり。

ただのＥランク輸送護衛のはずが成り行きでＣランクの盗賊団を壊滅させることになり、結果として依頼失敗、商会連合の報奨金しか貰えなかったり。

それらの話を聞いて、バラウールが呆れた顔をコウンに向ける。

「……なぁ爺様。最初から十分に破天荒な気がするが」

「会った頃からとんでもない連中ではあったのう。じゃが儂が教えたのは知恵と知識の方じゃ」

その日、たまたまリュークと共に遠出していたコウンと、同じ山にＥランク素材を取りに来ていたクトーたちは野宿場所で出会ったのである。

彼と意気投合した後、リュウが山の主であるＢランクドラゴンに腕比べを挑んで怒らせた。

「あのバカは今でも御し難いが、村を出た頃は無謀という言葉でも生温かったからな……」

嫌なことを思い出して顔をしかめたクトーに、コウンもしみじみとうなずく。

「どうにか団結して倒しはしたが、あれは大変じゃったのう」

「カバン玉もないのにドラゴンの死体など持って帰れん。それも結局金にならなかった」

「そこで、さすがにこのまま放っておいたら二人して死ぬ可能性の方が高いと思っての。彼らを気に入ってもいたから少々、モノを教えることにしたんじゃ」

それまでクトーとリュウの会話は常に平行線だった。

『お前の軽率さのせいで、せっかく依頼を受けても苦労の割に少しも金にならん。俺の指示に従え』

『お前に付き合ってたら、いつまでも街の周りから動けねーよ！　黙ってついて来い！』

しかしそこにコウンが加わったことで、変化が生まれたのだ。

「儂は二人の話を聞いて、間に入りながらルールを二つ決めさせたんじゃ」


一つ目は、目的を定めたらお互い逆らわない代わりに、目的決めは慎重に。

二つ目は、定めた後は準備に時間をかけすぎないよう、期限を作り迅速に。


「まぁそうして、二人で話し合いが出来るようになるまで付き合った。それだけのことじゃよ」

「そのルールが、今まで俺たちを生かしてくれた」

後に再会した時にもクトーらは別の問題を抱えていて、コウンに、何故か知り合いだった九龍王国の南辺境伯を紹介してもらったこともあった。

難しい顔で腕組みしていたバラウールは、やがて小さく言葉を漏らす。

「……それ爺様がいなかったら、勇者が死んで未だに魔王が健在だった可能性があるんじゃ？」

「大いにあったな。なので、コウン翁には感謝している」

「しかしクトーとリュウにそのまま同道するには、儂は少々老い過ぎておった」

コウンは、吹き始めた涼しい風に目を細める。

「未だにこうして、足代わり程度のことでも役に立てるのは嬉しいことじゃ」

「申し訳ない」

恩を返す前に『手を貸して欲しい』などと頼ってしまい、借りだけが積み重なっていく……そんな相手はコウンだけだ。

「何、どうせ暇なんじゃ。気にすることではない」

「羨ましいな……大した腕もなく、家族にも迷惑をかけている俺とは比べ物にならない」

「結果論じゃよ、バラウール殿。全ては偶然の連なり。今そこに居る者にしか果たせない役割というものがあり、たまたま儂にはその役目が巡ってきただけじゃ」

「そんな役割が巡ってくること、普通はないと思いますがね」

「いいや、誰にでもあることじゃ。ことの大小にかかわらず、全ては過ぎ去ってから気づく」

コウンの言葉に、クトーも静かにうなずいた。

「パーティー内で雑用程度のことしか出来ない俺でも、役に立てることはある。そういうものだ」

「……君はもうちょっと、自分の価値を自覚しろ」

「ただ一人勇者を御せる立場にあり、あまつさえ勇者の装備を奪った男の言葉ではないのう」

「む？」

よく意味が分からず首をかしげると、二人は何故か顔を見合わせて苦笑する。

だが気にすることでもないだろう、と考えるのをやめて、クトーは立ち上がった。

「そろそろ日も落ちる。村に戻って交代し、見張り台に火を立てよう」

「ああ」

そうして連れ立って村に降りる最中に、コウンがポツリと口を開く。

「クトー。儂が死んだ後、もし子や孫が困ることがあれば、手助けしてやってもらえるかの？」

返しきれない恩のある相手からの、その願いに。

クトーから『否』の返事があるはずもない。


「――そのくらいなら、喜んで」

第一章　宿場街の喧騒

「やだやだやだ、絶・対・嫌！」

クトーは温泉街クサッツでの休暇を終え、レヴィとともに王都への帰路についていた。

港町オーツを通るルート……その手前にある宿場村の、宿の一室で彼女が駄々をこねるのに、クトーは眉をひそめる。

「受けないわよそんな依頼！」

「なぜだ？」

拒否する理由が全く分からない。

「宿の食堂でほんの一曲披露する……たったそれだけで銀貨二十枚だぞ？　破格の依頼だ」

「でも人前で歌うんでしょ!?　むりむりむり、絶対無理ぃ〜！」

レヴィはベッドの上で枕を抱いて足をバタバタさせていたが、クトーは譲る気など全くなかった。

「昨日も人前で歌っただろう」

「ぜんぜん状況が違うじゃないのよ！」

そんなことになったきっかけは、ほんの些細なことだったのだ。

この街とクサッツの間には、野宿に適した場所に冒険者たちが少しずつ持ち寄ったレンガや積み石で作った、簡素な小屋が建てられている。

突然降り出した雨を避けてクトーらが小屋に入ると、冒険者の先客がいて酒盛りをしていたのだ。

陽気な彼らと仲良くなったレヴィは、よほど楽しかったのかこんなことを言い出した。

『ね、クトーってチェロが弾けるわよね？』

一度旅館で披露したクトーの伴奏で彼女は歌い、その場は大盛り上がりで終わった。

が、問題はその後である。

今いる宿場の村まで一緒に歩いた冒険者たちが、そこでも歌を唄って欲しいとねだったのだ。

「この金が欲しくないのか？」

レヴィは当然ゴネたが、ついにカネを出すとまで言い始めた冒険者の一人が額を提示し、わやわやと集まってきた他の冒険者が寄付した分も合わせて、最終的に銀貨二十枚分になった。

「それに、お前の歌声が可愛らしく、耳に心地好いのは俺もそう思う」

「んにゃ⁉」

クトーの言葉に、レヴィが顔を真っ赤に染めた。

「そそそ、そういうことを平然と言うんじゃないわよ！」

「しかし事実だろう」

実際、劇場の歌姫とまではいかないまでも、十分に人を惹きつける歌声だったのだ。

最初に歌って欲しいと言い出した冒険者などは、死んでしまった村の幼馴染みのことを思い出す、と非常に熱心に願っていた。

そこでレヴィが逃げて部屋に引きこもったので、クトーは説得してくれとカネを預けられたのだ。

「レヴィ」

「何よぅ!?」

「お前、自分の借金の額を覚えているか？」

「うぐっ！」

「最初の食事代や装備の仕立てには、バラウールから預かったものを使った。また高級旅館の宿泊費、庭を焼いた修繕費、その他諸々の雑費。……この銀貨二十枚でも到底足りないわけだが」

「うぐぐっ！」

レヴィは出会った時は無一文だった。

今でこそ当面の生活費は自分で出せるようになったが、借金返済に充てられるほどではない。

「しかし今日、この宿でたった一曲歌えば……装備代の一部と雑費くらいは賄えるだけのカネが手に入る。ただ『歌うだけ』で」

「あ、う……」

言葉から身を守るように座ったままギュッと枕を抱きしめて、レヴィは目線を彷徨わせた。

「借金に利子はつけておらず、返済の期限を決めるつもりもないが」

クトーは、静かにメガネのブリッジを押し上げた。

「目の前にあるのは、無駄遣いしなければ一ヶ月以上暮らせるカネが手に入るボロい依頼だ」

手に持った小袋をずいっと彼女の前に突きつけ、頬が引きつったその顔をジッと見つめる。

「――やらない理由が、あると思うか？」


結局。

承諾したレヴィは、その後に宿にある演奏者用のこぢんまりとした舞台に立った。

「……ほ、本当にやるの？」

「ここまで来たら腹をくくれ」

調弦を終えたチェロを抱えて、クトーは借りたピアノ椅子の位置を調整する。

チェロはヴァイオリンよりも大きく床に立てて抱えるタイプの弦楽器であり、この楽器の持つ音の深みと表現の幅広さをクトーは大変気に入っていた。

上着を脱いでワイシャツの袖をまくりあげたスタイルで、クトーは弓を弦の近くで構える。

レヴィには可愛らしい衣装を着せるチャンスだったが、流石にドレスがないので普段着である。

「始めるぞ」

冒険者たちはすでに酒が入って大盛り上がりで、ヒュー！　と指笛の音まで聞こえてくる。

「前奏の前にアレンジのソロを入れる。緊張をほぐして音に乗れ」

クトーはレヴィに言い、軽く弦に弓を滑らせた。

重く叩きつけるような、短い音を二度。

少し観衆が静まったのを眺めながら、さらに二度。

そこからソロに入る。

最初は低く印象的なワンフレーズを繰り返す『迫り来る海賊のテーマ』の序節だ。

歯切れの良い音の連なりで聴衆の耳を引きつけた後、転調してテンポを上げる。

高いところから滝のように音を滑り落とし、最初よりもさらに低く、代わりに果敢な疾走感を持つ『影なる騎兵』の序盤へと音を繋げる。

それで、クトーは観客を呑んだ。

音を緩やかな流れに変えつつレヴィを見やると、ゆらゆらと体を揺らして笑みを浮かべている。

勇壮なフレーズで、彼女に戦う前の高揚感を与えることには成功したようだ。

長く弓を滑らせて音を伸ばしたクトーは、カッカッカ、とつま先を三度打ち鳴らしてから、レヴィが歌う予定の曲……『遥か故郷へ』の前奏に入った。

彼女が前を向くと、体の動きが完璧にリズムを摑んでいる。

伸びやかな少女の声が最初の四拍子に高らかに乗ったとたん、宿の中に満ちた男臭い熱気がサッと吹き払われ、爽やかでしっとりとした空気感へと変化した。

郷愁を誘うメロディに、張りのある活気に満ちた歌声はアンバランスにも思えるが……レヴィが歌うと、この曲は哀しみよりも前向きさを感じさせてくれるのだ。

彼女の歌に酔いしれ、時折口ずさむ者も現れる。


「遥か、故郷へ――……」

レヴィは最後の一節を歌い上げると、沈黙の中で観客を見回した。

彼女の額には玉の汗が浮かび、軽く頬を紅潮させたまま不安そうな表情を浮かべている。

クトーは両手が塞がっているので、拍手の代わりに足で何度か床を踏み鳴らした。

その瞬間、ドッ！　と圧力すら感じる歓声が舞台に叩きつけられ、レヴィが肩をすくめる。

「嬢ちゃん最高だな！」

「もう一曲歌ってくれや！」

一応広げておいたチェロのケースに、すでに報酬はもらっているにもかかわらず投げゼニが放り込まれる。

「う、ぇ？」

戸惑うレヴィが観客から後ずさりするのを見て、クトーは声をかけた。

「いい仕事をしたな」

「……ぼ、冒険者の仕事じゃないような気がするんだけど？」

「人の助けになっていれば、どんな依頼も立派な仕事だ」

レヴィに観客を指差してみせると、彼女は示す方向を目で追い……その先に、一番熱心にレヴィに歌うように願っていた冒険者が涙ぐんでいるのを見つけた。

「ひととき、心の慰めとなってまた次に向かう活力を与えることには、報酬以上の価値がある」

「そ、そうかな？」

どこか気恥ずかしげに、だがまんざらでもなさそうな表情でレヴィが指で頬を掻いた時。

「――魔物だァッ！」

突然、外から切羽詰まった怒声が響いてきた。


声が聞こえた瞬間、ザワ、と宿の中が浮き足立ったが、すぐに収まった。

この場にいる者の大半は冒険者であり、気を抜いていたとはいえ急な事態に対する慣れ方が違う。

「魔物ですって!?」

「俺たちも出るぞ」

冒険者たちが入口近くに集まり、武器を手に一人ずつ慎重に外へ飛び出していくのを見ながら、クトーはチェロと弓を置いた。

カバン玉から取り出した黒龍の外套を羽織ってレヴィとともに外に出ると、冒険者たちは空を見上げている。

今夜は曇り空で星がなく周りも非常に暗い中、ドラゴンだ、という誰かの声が響いた。

最弱種でもCランクに分類されている、空を飛ぶ厄介な魔物だ。

硬い表皮を持っている上にブレスを吐きかけてくるため、並の冒険者では対抗手段がほぼない。

対抗するには魔法か、強い弓矢とそれに見合う腕前、あるいは冒険者自身の高い練度が必要となるが……。

「村に被害が出た様子がないな」

ドラゴンの襲撃から数分経っているため、すでに攻撃を受けていてもおかしくはないはずだが。

「どうするの!?」

「落ち着け。……トゥス翁。見えるか？」

クトーはカバン玉から魔導具を取り出しつつ、姿を隠したもう一人の旅連れに声をかけた。

『ヒヒヒ。ありゃワイバーンだねぇ』

声だけを響かせたトゥスは、着物を身につけた白虎に似た姿の仙人である。

その言葉にうなずいて、クトーは手にしたものを使用する。

「照らせ」

そのまま【光遁の序《ノイトスクロール》】と呼ばれる筒を上に放り投げた。

魔導具は、光玉を吐き出して地面に落ちる。

パァ、と今までの数倍明るく照らし出された空に、黒い影がよぎった。

「いたぞ！」

「で、デカい！」

冒険者たちの声色が変わるが、クトーは冷静にそのシルエットから情報を読み取っていた。

「なるほど、翁の言う通りだな」

確かにワイバーンであり、通常の個体より巨大に見える。

「何をのんきにしてるのよ!?」

「落ち着けと言っただろう。焦っても状況は改善しない」

ワイバーンはBランクの魔物なので、レヴィの反応そのものは間違っていないのだが。

状況が把握できたクトーは、周りの者たちに向けて声を張り上げる。

「Bランク以下の冒険者は宿の陰《かげ》に退避しろ！　魔法攻撃や遠距離攻撃が出来ない者も同様だ！」

響いた声に、冒険者たちは一斉に従った。

彼らは命の大切さや、魔物相手の無理無謀によって自分たちがどうなるかを知っている。

「レヴィ、お前も下がっていろ」

「あなたはどうするの!?」

「ワイバーンは確かに強いが、一人でもどうにか出来る」

「……分かった」

レヴィはうなずき、路地から冒険者たちとともに走り去っていった。

残った者はいない。

魔法や弓矢を使えるBランク以上の冒険者など、そうそう存在しないのだ。

クトーは旅杖を仕舞って【風竜の長弓】を取り出した。

これが効かなければ、身体強化魔法を使用して魔法で対空戦闘をすることになる。

ヒュゥ、と風切り音がふたたび聞こえてクトーは長弓を構えた。

相手との距離を測りながら観察するが、やはり攻撃を仕掛けてくる様子はない。

『様子がおかしいねぇ』

「翁もそう思うか？」

逃げなかったらしいトゥスののんびりとした声音に、クトーは問い返す。

『ありゃ、降りてこようとしてんじゃねーかねぇ？　それに背中に二人、誰か乗ってるさね』

「何？」

仙人の言葉にかすかに眉根を寄せたクトーの耳に、羽ばたきの音とともに甲高い声が聞こえた。

「う、撃たないでくださぁ〜い！」

同時に、ワイバーンの背中で誰かが手を振るのが見える。

腕の細さと声から、おそらくは少女……クトーは弓を構えたまま怒鳴り返した。

「何の目的でここにきた！」

「説明しますぅ！　ちゃ、着陸できる場所はありませんかぁ〜!?」

普通の、それも名前すらない宿場の村にワイバーンが降着できる場所などあるわけがない。

「村の外にある草原に降りろ！」

「わ、分かりましたぁ〜！」

旋回して村の入口へ向かう影を追って駆け出すと、物陰から飛び出したレヴィが追いついてきた。

「誰か乗ってるの!?」

取り出した光玉に魔力を注いで松明がわりに手に持ちながら、レヴィにうなずきかける。

「おそらく、竜騎士だ。敵対の意思はなさそうだが」

「竜騎士!?　国の兵士なの!?」

「そうは見えなかったがな……可能性はある」

竜騎士というのは、ドラゴンとの連携に特化した能力を鍛えた特殊な騎兵の総称だ。

空でほぼ独占的に行動可能なことから戦力や輸送力として非常に有用であり、国力の高い国ほどその養成や部隊増強に力を入れている。

しかしドラゴンに騎乗する主人と認められるためには、そのドラゴンと共に幼少から過ごすか、魔物使いの手助けを受けながら馴らしていく必要があるのだ。

クトーが村の入口に着くと、ちょうどワイバーンが降下したところだった。

「大丈夫だから、落ち着いてね～！」

鼻を鳴らす巨大な魔物を手で撫でながら、小柄な少女がちょこまかと周りに何かを置いていく。

淡く緑に光るそれは、符のように見えた。

「あれ、何をしてるの？」

『《風》の気を安定させる結界を張ってるんだろうねぇ。あの翼竜を鎮めるためさね』

緑の鱗を持つワイバーンは一番速度に優れた原種であり、風の適性を持っている。

他に炎や水の適性を持つ亜種が存在しており、それぞれの適性に合わせた結界を張ることで荒い気性を多少抑えられるのだ。

ワイバーンは基本的に警戒心が強く、慣れた場所や人間の側以外では興奮状態になりやすい。

「動きが随分手慣れているな。それなりに親しい間柄のようだが」

『あの翼竜の大きさに比べて、乗り手が幼ぇのが気になるねぇ』

「え、なんで？」

「彼女が国軍であれば、入隊年齢は最低でも十三歳。数年であそこまで馴らすのは難しいだろう」

考えられる可能性は二つ。

少女自身が魔物使いの才能を持っているか、あるいはあの竜と幼少から慣れ親しんでいるか、だ。

するとこちらのやり取りが聞こえたのか、ワイバーンが顔を上げた。

「キュイ！」

「え？」

唸り声ではなく鳴き声を上げたワイバーンに、結界を敷き終えた少女が驚いたように声をかける。

「リューク。あの人を知ってるの〜？」


その名前に、クトーは軽く目を見開いた。

「どうしたの？」

「聞き覚えのある名前だ」

じっくりと見てみれば、ワイバーンの体軀は記憶の中にあるものと一致する。

クトーは一歩前に出ると少女に呼びかけた。

「そのワイバーンを従えているということは、君は竜騎士コウンの関係者か?」

「ほえ!?　お爺ちゃんを知ってるんですか～!?」

少女はふたたび驚いたようにぴょんと跳ねた後、こちらに駆け寄ってきた。

灯りの下に出てきた、抜けるように肌の白い少女は十代中頃に見える。

軽装鎧を身に纏って短槍を手に持つ彼女は、黒目がちで華やかな印象を与える顔立ちをしていた。

「耳が……尖ってる?」

「エルフ族の特徴だな」

しかしクトーの知るエルフと比べて、彼女の耳は半分程度の長さしかない。

おそらくはハーフエルフ……人間との混血なのだろう。

どことなく懐かしい面影を感じたクトーは、彼女に問いかけた。

「君は、コウン翁の孫、か?」

「はい!」

ビシッと右手を上げてハキハキと答えた少女は、ニッコリと笑う。

「オーツ練兵高等学校の初等部一年生、メイ・ディオラと申します～!」

「高等学校だと……?」

「って、何?」

クトーが目を細めると、レヴィが小さく首をかしげた。

「練兵学校は、国が運営する兵士を養成するところだ。高等学校は、将兵や特別な兵を養成する役割を持つ学校だな」

「えっと……つまり?」

「彼女は特別な兵士としての訓練を行なっている、竜騎士見習い、ということだ」

「へー」

端的に説明するとレヴィは納得しつつも、メイと名乗った少女を見て小さくつぶやいた。

「……そんな風に全然見えないけど」

「人を見た目で判断して何か良いことはあったか?」

「う……」

つい先日、クトーの素性を知って文句を言っていた彼女は、指摘してやると黙り込んだ。

「あの～、そろそろいいですか～!?」

ニコニコと待っていたメイが、またビシッと手を上げる。

「構わないが」

「えっと、それではですね～、お爺ちゃんのお知り合いっぽいあなたは、どなたですか～!?」

「クトー・オロチという。普段は王都の冒険者パーティーで、雑用係を務めている者だ」

そう名乗り返すと、メイはなぜか笑顔のままピシッと固まって動きを止める。

「クトー、さん、ですか～？」

「そうだが」

「ど……【ドラゴンズ・レイド】の？」

「ああ」

うなずくと、メイは胸元で両手をギュッと握りしめて飛び上がった。

「な、何で勇者パーティーの〝勝利と策謀の鬼神〟がこんなところにいるんですかぁ～!?」

「……なんだその大層な二つ名は」

問い返すと、メイはコテン、と首をかしげた。

「え、でもお爺ちゃんがよく笑いながら言ってましたよ？『リュウや他の連中の名前ばかり聞こえてくるが、連中の無茶の裏には多分クトーがおるからのう』って」

「む？」

それではまるで、自分が無茶をさせているように聞こえる。

奴らの暴挙を尻拭いした覚えしかないが、と思っていると、レヴィは別の感想を口にした。

「あの子のお爺ちゃん、なんか見抜いてて凄いわね」

「どういう意味だ？」

「なんてゆーか『講義の時間だ』とか言いながら、魔物の群れにレイドの人たちを放り込んでそうなイメージ……？」

「普通だろう？」

「普通じゃないわよ！」

命の危険がない範囲で出来ることをさせるのは、無茶とは言わないはずだが。

レヴィに怒鳴られて、クトーはかすかに眉根を寄せた。


「それで、君の目的はなんだ？」

村で説明を終えた後、クトーらは改めてワイバーンの側で焚き火を囲んでいた。

宿に戻って夕食を、と思っていたが、メイに『リュークを放っていけない』と言われてしまったのでその場で食事をとることにしたのだ。

コウンもよく同じことを言って、外で過ごしていたことをクトーは思い出した。

「メイは、リョーちゃんを探しにきたのです～！」

クトーが渡した生肉の塊を、リュークの前においで戻ってきた師の孫娘は、なぜか元気よく手を上げる。

レヴィも大概だと思っていたが、彼女はより底抜けに明るい性格をしているようだ。

「あなたはもう少し落ち着きなさいよ……」

人のことを言えないレヴィは呆れた顔をしながら、焚き火の周りに立てて炙《あぶ》った肉を、鉄串ごと手に取った。

クトーは、手に持った器に焚き火にかけた鍋の中身をよそう。

クサッツでそのまま『ナベ』と呼ばれている料理で、海藻でとったダシで野菜を煮込んだものだ。

中身を入れた器とサジを各人に配りながら、クトーは話を続けた。

「リョーちゃんと言うのは？」

問いかけに対して、メイと一緒にリュークに乗ってきた少女、ル・フェイが代わりに答えた。

「うふ。それはメイの相棒であるワイバーンですよ……」

黒ローブのフードを目深にかぶった少女は、うふふ、と笑って話を続ける。

「ギルドに依頼を出しているのに……待ちきれないって、リュークをこっそり拝借して飛び出してきたんです……うふふ。ボクは、それについて来ました……」

前髪で目を隠した彼女はメイの学友らしく、人形術師《ゴーレムマスター》らしい。

彼女の横には、身長ほどもある長い杖が置かれていた。

「……それは、帰ったら母親に怒られるのではないのか？」

コウンはともかく、彼の一人娘……つまりメイの母親は、話を聞いていた限りかなり過激な性格をしているはずだ。

「そ、それは気にしないことにしたのです～！　リョーちゃんの安否のほうが大事なのです～！」

「もうちょっと静かにしなさいよ！　さっきからうるさいわね！」

発言のたびに立ち上がるメイに、レヴィはイライラしているようだ。

「うぅ、ごめんなさいです～……」

しょぼんと座ったメイは肩を縮めて小さくなった。

膝の上に置いた腕で、胸元がムニッと形を変えて強調されている。

チラリとル・フェイに目を向けると、彼女も非常にゴツいローブを身につけている上に猫背なのだが、ある部分の布地が高く押し上げられていた。

これまでの経験から察するに、レヴィが初対面の女性を前に不機嫌になるのはそれが理由である。

口にすれば罵倒が返ってくるのは間違いないので、言わないが。

器を全員に渡すとメイは猫舌なのかフーフーと器の中身を吹き始め、レヴィは口のはしについた肉汁を舐め取ってから食べ始める。

「あっふ……お、おいひぃ～！」

「クトーの料理って本当に外れがないわよね……」

「翁もどうだ？」

『ありがたいねぇ。懐かしい食いモンだ』

先ほどメイらに紹介したトゥスにも、小さな器によそってナベの中身を置く。

彼は湯気の香りを楽しんでいるようだった。

もっともこの仙人に関しては、いつの間にか中身が消えていてもおかしくないのだが。

そう思いながらクトーが自分の分をよそって目を上げると、幸せそうな顔をしている少女二人を、ル・フェイが食事の手を止めて見つめているのに気が付いた。

口元がかなり緩んでいる。

「？　なに見てるのよ」

「うふ、いいえ……なんでもありませんよ……」

レヴィも彼女の様子に気づいて問いかけるが、ル・フェイは首を横に振りつつ目を逸らさない。

クトーはピンときた。

並んで座る二人はどちらも非常に可愛らしいのである。

つまり。

「二人は、肌の色も素晴らしい対比だからな」

「おや……？　お兄さん、もしかしてボクと同じで『分かる人』ですか……？」

「彼女たちが、指を絡めて街中を歩くのを後ろから眺めたいところだ」

「うふ……いいですね……急にあなたに親近感を覚えます……」

「なにを意味の分からないところで通じ合ってるのよ!?」

「？」

頬を引きつらせるレヴィと違い、よく分かっていなさそうなメイは、もぐもぐと口を動かしながら首をかしげる。

クトーも肉串を手にして食事を始めると、鍋の中身は汁を残してあっという間に空になった。

「シメにしよう」

焼いた肉の残りを鍋の中に放り込んで小袋を取り出すと、中身を見たレヴィが首をかしげた。

「あれ、それってオコメ？」

「そうだ。クシナダのところで分けてもらった」

クサッツではコメを炊き上げる調理法が主だったが、本来この地方ではリゾットなどの煮込み料理として食すことが多い。

そうした調理法を旅館の料理長から教えてもらったので、さっそく実践するのだ。

「ダシで煮込み最後にタマゴを落としたコメ料理を『オジヤ』というそうだ。ナベで野菜を煮込んだ後に作ると絶品だと聞いてな」

「へー、美味しそう……！」

「ヨダレが垂れているぞ」

あれだけ食べたのに、食べ盛りの少女にはまだ足りないらしい。

「ま、まだ何かあるのですか～!?」

ワクワクと目を輝かせているのはレヴィだけではなく、メイも同じだった。

そんな二人の様子に、うふ、うふ、と笑いながらル・フェイが身をくねらせている。

「使うのは、スペシャルチキンのタマゴだ」

これも分けてもらった貴重なものだが、先ほど歌ったレヴィへのちょっとしたご褒美のつもりだった。

銀貨二十枚分の働きをしたのだからこれくらいはして当然だろう。

炊いたものを固めたコメは、一煮立ちさせたらすぐにほどけて膨らんだ。

タマゴを落として適度に固まったところで器によそうと、優しい香りがふんわりと漂う。

「こ……これはぁ〜っ!?」

「くっ！　た、食べる手が止まらないっ！」

「……少し大げさな気がするが」

クトーは衝撃を受けたような二人に言いながら、自分もオジヤをサジですくった。

黄金色にキラキラと輝くタマゴの美しさ。

ダシの染みたコメの色つや。

少し焦げ目のついたトロミのある汁とともに、それらを口に運ぶ。

脂が混じって柔らかい肉。

まず口内に広がったのは、ダシの香りと炭火で炙った肉の匂いだった。

弾力のある肉を食《は》むと、旨味が染み出して柔らかなタマゴの食感と混ざり合い、それぞれの強いクセを最後にコメの甘みが柔らかく包み込む。

クサッツの料理は調和の料理だ――――料理長はそう言ったが、これを食べるとそれも納得のいく話だとわかる。

コメとともに食し、口の中で様々に味わいを変えることを前提として生み出された料理なのだ。

「……最高だな」

クトーの言葉に三人は無言でうなずき、今度は汁も残さずに鍋の中身が消えた。

「さて、話が中断したが」

　食事を終えて幸せそうなメイに、クトーは改めて問いかける。

「君のワイバーン……リョーちゃんというのがどこにいるのか、は分かるのか？」

「は、はい！」

　ハーフエルフの少女は、はギュ！　と両拳を胸の前で握った。

「メイは、生まれた時からあの子と一緒にいるので、近くまで行ったら分かるんです～！　リョーちゃんは誰かに拐《さら》われて！　そういうことする人たちがこっちにいるって言われたんです～！」

「なるほど」

　ワイバーンの幼体は街中かどこかで誘拐されたのだろう。

　そうした魔物を売買する連中がこの辺りで活動している情報を得て飛び出して来た、ということではないだろうか。

「……で、合っているか？」

「うふ……なんでボクに訊くんですか……？」

「通訳が出来るのではないか、と思ってな」

「学校では、同じ扱いを受けてます……質問は、正解です……」

　クトーがうなずくと、メイが眉根を寄せてレヴィに尋ねる。

「もしかしてメイ、何か失礼なこと言われてませんか～？」

「もしかしなくても言われてるけど、言われてても仕方ないような感じもするわね」

「うぇえ～!?」

「うるさぃし。ねぇクトー。どうするの？」

「どうするとは？」

レヴィが問いかけてくるのに、クトーはシャラリとメガネのチェーンを鳴らして首をかしげる。

「この件に関わるの？　別の依頼も受けてるんでしょ？」

「ふむ、そのことか。……それに関しては心配する必要はない」

どうせ受けるんだろうけど、とでも言いたそうな顔のレヴィに答えて、クトーはクサッツを出る時に契約した依頼書を取り出した。

その内容を、軽くかいつまんで読み上げる。

「俺が受けたのは、Ｄランクの捜索依頼だ。迷子の小竜探し、場所はオーツの街近辺だな。依頼主はＭ・Ｄ。連絡はオーツ練兵高等学校初等部まで、となっている」

「…………ちょっとまさか」

レヴィが嫌そうな顔でメイに目を向け、その彼女は目を丸くしてクトーのほうを見ている。

「まさか、というか、おそらく想像通りだな」

クトーは手のひらでメイを示し、レヴィの疑念を肯定する。

「――――彼女が、俺たちの依頼主だ」

第二章　墓場とゾンビと盗賊の小屋

翌日、クトーたちはリュークに乗ってオーツの近くにある山を訪れた。

「あの墓地がそうか？」

「そうです～！」

低い山の山頂に並ぶ墓石を見下ろして問うと、メイが答える。

手綱を取る彼女を先頭に、ル・フェイ、レヴィ、クトーの並びで乗っているが、先ほどからレヴィがなぜかおとなしい。

「どうした、怖いのか？」

足の間にいる彼女に問いかけると、振り向かずに言葉だけ投げてくる。

「ちち、違うわよ！　そそ、それより腰摑むのやめなさいよ！」

風にはためくポニーテールの向こうで、なぜかレヴィの耳が赤く染まっていた。

「と言われても、他に支えがない。そこは諦めろ」

リュークがバランスを取るために頻繁に動かす尾の近くに座っているので、あまり強く足で挟むと動きを阻害してしまう。

「着陸しますよ～！」

メイの言葉とともにリュークが着陸体勢に入りつつ、高度を下げていった。

墓地の周りは木を伐採して広々としているので、着陸に難はない。

座っていた場所が丸まって後ろに傾いたため、クトーは腕を前に回してレヴィを抱え込んで自分の体を支えた。

「ひゃ!? ななな、何するのよ!?」

「暴れるな。……メイ、ある程度高度が下がったら降りるぞ!」

「分かりました〜! リューク、聞こえたー!?」

「キュイ!」

クトーは宣言どおり安全だと判断した高さでレヴィから手を離して、尾を滑り落ちる。

外套の前を開けて風を受けながら地面に降り立つと、ふわりと裾が跳ねてから元に戻った。

「降りていいですか〜!?」

「ああ」

メイに答えながらボタンを閉めつつ、クトーは墓地のほうに移動する。

着陸した後、メイはリュークの周りに結界を張っていき、レヴィたちはこちらに向かってきた。

「顔が赤いが。大丈夫か?」

「誰のせいだと思ってるのよぉッ!」

「?」

風と高所のせいで冷えたのかと心配して声をかけたが、なぜか怒鳴り返される。

まぁ、これだけ元気なら心配はないだろうが。

「うふ、うふふ……可愛い……」

『ヒヒヒ、いいねぇ、いいニブさだねぇ』

なぜか満足そうに体をくねらせてそうつぶやくル・フェイと、姿を見せないまま耳元で楽しそうに言うトゥスに首をひねる。

「……よく分からんが、まぁいい。メイ、墓に案内してくれるか？」

「はい！　こっちです～！」

元気よく返事をして墓地に向かって歩いていくメイについていくと、比較的入口に近い場所にその墓はあった。

槍と竜の意匠を刻んだ墓石には、一文だけが刻まれている。

【竜騎士コウン・ラグ　ここに眠る】、と。

「……コウン翁。不義理をして申し訳ない」

クトーは墓石の前に膝をついて軽く目を伏せた。

墓は綺麗で草も生えておらず、定期的に誰かの手で清掃されていることが窺える。

彼が亡くなったことを、昨夜メイに聞くまでクトーは知らなかった。

『恩のある相手だったのかい？』

キセルをふかしながら、あぐらをかいて宙に浮いたトゥスが問いかけてくる。

「ああ。コウン翁は、俺とリュウの師とも呼べる方だ」

『へぇ、兄ちゃんたちのかい？』

トゥスは感心したように片眉を上げた。

「もっとも、死んだことも知らない薄情な弟子だがな」

リュウも同じだろう。

オーツで会ったら教えてやらなければならない。

『ま、一期一会さね。わっちも、知り合いなんざどんだけ生きてるか知れねぇ』

「生きてきた時の長さが違うだろう。俺がコウン翁の顔を見たのは、たった三度だけだ」

旅を終えた後、近くに住んでいることは知っていたのに足を延ばすこともなかったのだ。

『生きた時間が短ぇなら、なおさらじゃねーのかねぇ。わっちよりお前さんのほうが、だいぶあくせく生きてるさね』

「そうか？」

墓前でそんなことを言い合っていても仕方がないので、短い黙禱だけ捧げて切り上げる。

「コウン翁は、いつ亡くなった？」

「……三年前です～。リュークとメイもしばらく凹んでました～……」

立ち上がって問いかけると、長い耳を器用にヘニョリと下に曲げたメイは、肩を落としてズドーン、と沈んだ仕草を見せたが、すぐに背筋を伸ばした。

「でも！　凹んでてもお爺ちゃんは喜ばないので～！　メイはお爺ちゃんみたいな竜騎士になるために練兵学校に入ったのです～！」

ムン、と拳を握るメイの前向きさに、眩しさを覚えて目を細めたクトーは、彼女に問いかける。

「冒険者になろう、とは思わなかったのか？」

「お爺ちゃんは色んな所のお話をしてくれましたけど～、しょっちゅうフラフラしてお婆ちゃんに怒られてました～！」

「……それがどうしたんだ？」

「だからメイは訓練して、任期の後リョーちゃんと一緒に運び屋さんになるのです～！」

いまいち伝わりにくい話し方だが、クトーは将来を見据えるその言葉に感心した。

コウンの孫だから、という見方は失礼だろうと思い、口には出さずに別のことを尋ねる。

「リョーちゃんは、君のワイバーンなのか？」

「あの子はリュークの子どもなのです～！　だから協力してくれてるのです！」

「なるほどな」

成竜であり、コウン翁を相棒としていたリュークがこの少女を背に乗せた理由が分かった。

いくら親しいとはいえ、主人でもない者を普通は操り手と認めないのだ。

「行くか」

「えっと……もういいの？」

「ああ。一応義理は果たせた」

どこか遠慮がちな表情でレヴィが問いかけてくるのに、クトーはうなずいた。

気遣いは嬉しいが、ここへはリュウを連れて改めて訪れればいい。

「急がなければオーツの街に着く前に日が暮れる可能性もある。手早く調査を進めなければな」

昨夜の夕食後に宿場の村で聞き取りをし、墓地周りに死霊系の魔物が出没する、という噂と、盗賊の根城があるという話を聞き出せたのだ。

盗賊の方は幼竜誘拐に関係している可能性が高い。

「お爺ちゃん、また来るね～！」

メイが墓に向かって手を振るのに小さく微笑みながら、まずは墓地周りの探索を行った。

「リョーちゃんとはぐれたのも、この辺なんです～」

「そうなのか？」

「五日前にお爺ちゃんのお墓参りに来た時に、姿が見えなくなったんです～！　見つからなくて、でも次の日から学校があったので、こっちには来れなくて……」

彼女の瞳が憂いに染まる。

口調こそ変わらないが、メイは本当にリョーちゃんのことを心配しているのだろう。

ゆえに、ギルドに捜索依頼を出したにもかかわらずこんなところまで来てしまったのだ。

そのまま一周ぐるっと墓地を回ったが、不審な点は見当たらなかった。

「トゥス翁。どう思う？」

『ヒヒヒ。墓に瘴気の澱みは感じねぇね。……が、瘴気の気配はかすかに在る』

「また訳の分からないこと言い出したわね」

トゥスの言葉に、レヴィが鼻を鳴らしながら腰に手を当てる。

「レヴィ。お前は何か気づいたか？」

「さっき通ったところに、なんか柵を補修した跡があったわ。壊されたのかしらね？」

「ふむ」

墓地を囲む柵を指差した彼女の言葉を受けて、クトーはアゴを指で挟んだ。

「つまり、目撃された魔物はこの墓地の外から来た、ということか？」

『ご明察だねぇ』

トゥスがニヤリと笑いながらキセルをふかし、ル・フェイも続いて口を開いた。

「うふ……クトーさん。ボク、今……フレッシュゴーレムに似た気配を……感じてますよ……」

トゥスと同種の言葉に、クトーは目を細める。

「近くに死霊がいる、ということか？」

「どうですかね……そこまでは、分からないですけど……」

『瘴気の残り香が、森のほうに続いてるねぇ。一晩は経ってそうだが』

キセルの先で示された方向に目を向けると、緩やかに下っている山の斜面に密集した下生えと、背の低い木々の姿が見えた。

「陽光を避けて、森の中にいる可能性もあるな」

クトーは言いながらカバン玉に手を伸ばし、中から小瓶を取り出した。

香水を入れるのに使うほんの小さなものだ。

「何それ？」

「【モンステラ・ムスク】だ」

魔物の好む特殊な香料であり、魔導具ではないが魔物使い御用達のアイテムである。

「ああ……クシナダの話をしてた時に言ってたやつ？」

「そうだ。これは高質な魂に似た香りを発すると言われているものだ」

「……魂に香りがあるの？」

「そこまでは知らん。が、少なくとも魔物をおびき寄せるのに適した香りだ」

クトーは器の口を開けると、足元の草に振り掛けるように液体を落とした。

なるべく遠くに香りを届かせるために多めに撒いたクトーは、十分に香りが染み込むのを待って全員に下がるように手振りする。

四人が離れたのを見て魔導具である【四竜の眼鏡】に触れると、呪文を唱えた。

「引き裂け」

雑草が森の方角へ向けて弾けるように、足元に小さな風球を着弾させる。

「しばらく待つ。武器を抜いておけ」

クトーの言葉にレヴィが毒牙のダガーを、メイが短槍をそれぞれ手に取った。

ル・フェイは最初から長杖を持っている。

『いい感じに引っかかったさね。瘴気の気配が濃くなってきたねぇ』

丸腰のトゥスが完全に野次馬の態度で楽しげに言うのを聞きながら、クトーは旅杖を持ち上げた。

温泉街クサッツに住む職人が特別に仕立ててくれたものだ。

そして同時に、カバン玉から一本だけピアシング・ニードルを引き抜いた。

呪玉のついた、使い捨ての長針型投擲具である。

『――来たさね』

トゥスの言葉と同時にガサリ、といくつかの下生えが揺れ、そこから魔物が姿を見せた。

「げ。気持ち悪い！」

その姿を一目見た瞬間、レヴィが呻《うめ》き声を上げる。

「スラッグ・ゾンビだな」

現れたのは、腐った死体に似た姿の魔物だった。

放置された人や動物の死骸に、瘴気と負の感情を持つ魂のかけらが入り込んで生まれるものだ。

今回現れたのは六体だった。

「墓地で生まれたにしては数が多い。どこか他の場所から来たか？」

「そ、そうなのですか～!?」

メイもあまり得意ではないのか、声が引きつっていた。

「全く生まれない訳ではないが、普通、墓地は聖職者が定期的に訪れて浄化を行うからな」

言いながら、クトーは旅杖を、キン、と音を立てて捻《ひね》る。

中に仕込まれた刀身を引き抜くと、ピアシング・ニードルを旅杖の柄頭に空いた穴に差し込んだ。

「火気よ」

呪文を唱えると、流し込んだ火の魔法によってニードルの呪玉と刀身が赤く輝く。

この仕込み刀は、高価なニードルを消費することなく魔法剣を使える優れものなのだ。

使うのは初めてだが、この程度の相手なら試金石にはちょうどいいだろう。

「講義の時間だ、レヴィ」

クトーは片手で剣を構えながら、後ろにいる少女に声をかける。

「この魔物はEランクで、動きが鈍い。攻撃も腕にだけ気をつければいい」

実体のある死霊は痛覚や生命がないため肉体の一部を失っても動き続けるが、腐った体そのものがかなり脆《もろ》く、再生能力もないので無力化するのは難しくないのだ。

「対処法は燃やすか、四肢を切断することだ。頭を狙えばより安全に対処できる」

クトーは実践してみせた。

スラッグ・ゾンビの一体に狙いを定めて足を踏み込むと、そのまま胴を横薙ぎにする。

すると、刀身に生じていた火の魔力が実体化して傷口から炎が上がった。

『ゴ、ォ……オ……！』

「焼くのが遠距離魔法攻撃でない場合、焼いた直後は油断するな」

火に巻かれながら魔物が摑みかかってきたのを、クトーは一歩後ろに下がって避《さ》ける。

「近くにいるということは、それだけ危険が増えている、と考えていい」

次いで魔物の頭に向けて軽い刺突を放つと、視界を奪った直後から明らかに動きが鈍り始める。

――この仕込み杖は、使い勝手がいいな。

次に会った時に追加で謝礼を支払うべきかもしれない。

クトーはその出来映えに満足しながら、逆の手でメガネのブリッジに触れた。

「燃やせ」

横薙ぎに払った指先から炎の矢を放ち、別の一体を燃え上がらせる。

そのまま刃先を下に向けて腕を下ろしたクトーは、ジリジリと集まってきた残りの四体に対して、鋭く呼気を吐きながら連続で頭部に突きを見舞った。

「基礎講義は以上だが、何か質問はあるか？」

魔物たちを蹴り倒して近づきながら問いかけると、なぜか感心した顔のメイが答えた。

「動きが鮮やかすぎて、質問がないです～！」

「うふ……ボクにはそもそも、動きがあまり見えなかった……」

続いてル・フェイも答え、そういえばこの少女らは練兵学校生だったのだ、とクトーは気づく。

教官に質問されるのに慣れているから、反射的に答えてしまったのだろう。

肝心のレヴィは、唇に指を添えて真剣な目で何かをつぶやいていたが、やがて質問を口にした。

「火の魔法が使えない場合は、どう対処するの？」

「どういう意味だ？」

「投げナイフはあんま意味ないわよね。松明で代用したり、ただの斬撃で戦っても良いの？」

そのままレヴィは、手元の毒牙のダガーを掲げた。

「これの効果とかは？　腐蝕は、より腐らせるだけ？　それとも風化する？」

どうやら、自分の手持ちでどう対処できるかを考えていたようだ。

講義の内容が、レヴィ自身の現状に沿っていない、と感じたのだろう。

その思考法は満点である。

クトーは非常に満足しながら、彼女の質問に答えた。

「一番簡単な方法は長い木の棒に火をつけることだ。無理な時は聖水を撒き、それもないなら逃げろ」

「なんで？」

「こいつらは瘴気を放つ以外にも、何らかの病気を持っている可能性が高い。体が腐肉だからな」

体液が付着するだけでも、遅効性の毒のように病気で死ぬ可能性があるのだ。

焼き払うか浄化する以外の対処法は、基本的にはオススメできない。

「もしどうしても逃げれなかったら？　諦めるの？」

「いい質問だ」

クトーはレヴィに軽く微笑んだ。

負けん気がいい方向に向いている……温泉街でクシナダを助けた経験が、活きているのだろう。

最悪を想定し、その状況でまだ足掻くために考えているのだ。

「もし逃げ切るのが難しいなら高所に避難して、なるべく重いものを上から落として潰せ。直接交戦する時にも斬撃で手足を断てないならば、次点としてこれらの武器が有効だ」

クトーは地面に立てていた鞘に仕込み杖をしまうと、二種類の武器を取り出した。

一つは、鎖の鉄球。

もう一つは柄の長いハンマーだ。

「このように距離を取れて損傷が大きくなる武器を使用し、相手の動きを阻害しろ」

クトーは鉄球と繋がった鎖の根元近くを持つと、グルグルと頭の上で振り回し始めた。

「ここから徐々に鎖を伸ばすのが、通常の使い方だ」

鎖を少しずつ送って伸ばしたクトーは、こちらに這ってくるゾンビの背中へ鉄球を落とす。

骨が折れる鈍い音がいくつも響き、潰れた魔物はもがくだけで動けなくなった。

「ハンマーはもう少し扱いが楽だが近づく必要がある。他には……お前の【毒牙のダガー】は柄尻に鎖を通す部分があるだろう？」

「うん」

「そこに細い鎖を通して刀身に聖水を振り掛けるか、ダガーの腐蝕効果を発動すれば代用可能だ」

「え？　使えるの？」

「使える。試してみろ」

レヴィが素早く取り出した鎖を通し、準備を終えてこちらを見る。

「出来たわよ」

「投げナイフと同じ要領で、腐蝕効果を発動させながら打て」

レヴィは狙いを定めて、ピッ、とダガーを投擲した。

見事突き刺さった場所からジュゥ、と酸で焼けるような音とともに白煙が上がり、ボロボロとゾンビの体が崩れ始める。

「ホントだ。効いたわね」

「メイン武器を一時的に手放すことになるから多用はできない。が、時間稼ぎにはなるはずだ」

「うん」

「他に何かあるか？」

「今のところ、ないわね。残りはどうするの？」

どことなく物足りなさそうなレヴィに問われて、クトーは残りの二人に目を向けた。

メイは口と目をまん丸にしてそれを見ており、ル・フェイは賞賛するように手を叩いている。

「どうした？」

「スゴイです〜っ！」

「学校より……実践的……」

「ふむ。確かに、軍よりも冒険者の方がやり方は泥臭いかもしれんな」

クトーは背後に残った二体のゾンビを示した。

「もし興味があるなら、やってみるか？」

パァ、と顔を輝かせた二人は即座にうなずく。

そしてル・フェイは魔法での対処法を、メイはハンマーでの対処法をそれぞれに試した。


結局、倒した後に調べたが、ゾンビの発生原因はよく分からなかった。

魔物が通ってきた道を探るために、一度リュークを空に放して森に入ることにする。

相手は騎獣をさらう集団なので、地上に繋いでおくよりは安全だろう。

「しかし、放っておいて大丈夫か？　飼い竜と分かりはするが」

騒ぎになることはないだろうと思ったが、一応メイに確認しておく。

「よく来てるので、この辺りの人は見慣れてると思います～！　旅人さんは分かりませんが～」

「そこまでは仕方がないな」

空で弧を描き始めたワイバーンを眺めてから、トゥスの手を借りて瘴気の気配を追い始める。

しばらく獣道を進むと、ゾンビ化した死体が埋まっていたと思われる場所があった。

その先に森に溶け込むように偽装してある小屋が見えたので、後ろの少女たちを手で制すと、見つからないように全員で姿勢を低くして、改めて小屋を観察した。

するとレヴィが、いぶかしげな顔でつぶやく。

「何であんなところに小屋が？」

「どう見ても怪しい……」

「木こりさんの家ですかね～？」

三人娘の可愛らしいやり取りに、クトーは話を進めるために仕方なく口を挟んだ。

「メイの言う線が濃厚だが、今は盗賊の根城になっている、という可能性もある」

『ヒヒヒ。中に人の気配はなさそうだけどねぇ……ちっと見てくるかい？』

「いや、待て」

クトーはトゥスを止め、小屋だけでなく周り全ての様子に目を凝らし、耳を澄ませる。

草いきれと土の香り、木立のざわめく音。

生命の気配が濃い山の中は、虫と鳥の声が騒がしく、湿り気を帯びてひんやりとしている。


――が、どこか違和感があった。


「……人が近くに出入りする場所にしては、あまりにも不自然さがない、と思わないか？　それにゾンビが出るのなら、この辺りは瘴気に汚染されていてもおかしくないはずだ」

『言われてみりゃ、兄ちゃんの言う通りかもしれねーねぇ。考えすぎな気もするけどねぇ』

コリコリと爪先で耳の後ろを掻く仙人に目を向けて、クトーは問いかけた。

「この位置から他に何か感じられることは？　重大な見落としがある感覚が抜けん」

すると、小声で答えたのはトゥスではなく急いた顔をしたメイだった。

「あそこに…….リョーちゃんがいる気がします～……！」

「確かか？」

「多分～……この、気配は……！」

「ふむ」

あそこに捌われた獣たちが囚われているのなら、今度は人の気配がないのがおかしな話になる。

メイが唇を噛みながらこちらを見上げ、こらえるような表情をしていた。

トゥスも茶化すのをやめ、キセルを小さな牙でカリ、と噛みながらしばらく小屋を眺める。

『……たしかに獣の気配は、感じるねぇ』

「どこからだ？」

『あの小屋の奥さね』

トゥスは半透明の耳を目線の方向へ向けて、さらに言葉を重ねた。

『ちっとばかし籠ったような音……もしかすると、中は壁に遮られてるんじゃねーかねぇ』

「建物の構造からは、部屋が二つあるように思えるが」

『そんな感じさね』

「手前の部屋に違和感は？」

『瘴気や魔力の気配はさっぱりしねーね。が、確かに兄ちゃんの言う通り、妙な感覚はする』

「そうか」

一人であれば杞憂の可能性もあるが、自分より感覚が鋭いトゥスまでもそう感じたとなれば偶然ではないだろう。

仙人の答えに一度目を閉じると、クトーは少し考えてから決断し、カバン玉から炸裂の魔法を打面に仕込んだ戦鎚《ウォーハンマー》を取り出した。

木製のハッドが炸裂した後は棍棒《メイス》として使用できるようになっているものだ。

「その文字、何?」

レヴィが、ヘッドの側面に『**さくれつ!**』と書いてあるのを見て問いかけてくる。

「このウォーハンマーの作り方を教えてくれた女鉱夫が、爆発の威力を上げるおまじないだと言っていたな。根拠はまったくない上に魔法的な効果もなかったが……」

その返事に何かピンと来たのだろう、レヴィが半眼になってため息を吐いた。

「なんか文字が丸くて可愛いから、そのままの意匠で使ってるのね?」

「そういうことだ」

しかし今は、そんなことはどうでもいい。

クトーがニードルのポーチを取り出して腰に下げると、レヴィが緊張した様子で口を開く。

「そ、それまで使うほどなの……? 警戒しすぎとかじゃなくて?」

「杞憂ならいい。だがもし万が一、完全に気配を感じ取れない手練が中にいるとしたら」

少女の問いかけに、クトーは旅杖を仕舞いながら淡々と答えた。

「――――その相手は、Sランク並の腕前だ」

「S……!?」

「ああ。最低でも、変異したデストロ程度では相手にならんレベルだろうな」

温泉街でクトーへの私怨から悪魔と化した男の名前を口にして、また小屋に顔を向ける。

しかしやらないわけにはいかない……中に囚われている獣が拐われた騎獣たちだとしたら、その中に捜索対象である幼竜が含まれているのだ。

「何が起こっても対処できるように備えておけ。小屋には俺一人で突入する」

その言葉にうなずいた少女たちが得物を手にするのを確認してから、クトーはさらに念を押した。

「決してこの場から動かず、仮に襲撃を受けた場合は全力で逃げろ」

「分かった」

「了解です〜！」

「……お気をつけて」

腹を決めたクトーはピアシング・ニードルを一本引き抜くと、自分の太ももに針先を当てた。

「滾《たぎ》れ」

身体強化の魔法で自分を強化すると同時に、ニードルがボロリと崩れ落ちる。

クトーは強化された肉体で、ウォーハンマーを手にしたまま空に向かって跳ねた。

数本の木立をなるべく音を立てないように蹴り上がり、上空から小屋に狙いを定める。

相手の頭上、というのは、一番不意を打ちやすい位置なのだ。

奇襲からの即時制圧、これが現状では最上の手段だろう。

クトーはハンマーを両手で握って振り上げると、落下の威力を乗せて屋根に叩きつけた。

――轟音。

爆発と同時に屋根が吹き飛んで、ハンマーヘッドも砕け散る。
メイスに変化した金属の柄を手に、クトーは空いた大穴から小屋の中に飛び込んだ。
人の気配が部屋の中に散開するのを感じて、軽く舌を鳴らす。
砕いた屋根の木片やへし折った柱などで押し潰せるか、と少しは期待したのだが。

――やはり手練れだな。

すぐに頭を切り替えてメイスを肩に担いだクトーは、丸腰に見える小柄な敵に狙いを定めた。
部屋は、砕けた屋根の建材と舞い上がった埃《ほこり》によって白い霧に包まれ視界が悪い。
クトーは床を軋《きし》ませながら着地し、這うような姿勢で敵に打ちかかった。
しかし袈裟懸けに振り下ろしたメイスを、相手は軽く腰を落として腿で受け止める。

「……!?」

予想外の受けに軽く目を見開くこちらの隙を狙い、相手は鋭い右拳を放ってきた。
眼前に迫るそれを柄尻を跳ね上げて受けるが、代わりにメイスがあっさりひん曲がる。

――強い。

クトーは得物から即座に手を離し、身を低くしたまま敵の脇をすり抜けた。

すると背後で、キン、と金属を切り裂く音が響き、目をやる。

屋根から差す陽光に、半分に断たれたメイスと別の敵が手にした剣刃がきらめいていた。

こちらの背中を狙って一足飛びに斬り込んで来たのだろう。

クトーはさらに床に張り付くほど体を沈め、ニードルを一本引き抜いて魔力を込める。

そして敵の視線がこちらに向いた瞬間、針先を床に突き立てて目を閉じた。

「眩《くら》め」

光の下級魔法によって、強烈な閃光が音もなく炸裂する。

当然自分の視界も奪われるが、クトーは前から迫る相手の気配を読んで横に飛んだ。

最初に見えた敵の配置から察するに、襲ってきたのは三人目……全身鎧を着込んだ者。

重いものを叩きつけられて床材がひしゃげる音から、おそらく得物は鈍器に類する何かだ。

クトーは目を閉じたまま、腰の片手剣に手を伸ばして抜き打ちした。

が、ギン！　という重い音と共に何か巨大なものに防がれる手応えを感じる。

――大楯《おおだて》か。

そして、ヒュ、という風切り音を聞いて身を屈めたクトーの首の後ろを、巨大な質量が通り抜けた。

不意打ちに対応した小柄な拳闘士に、即座に背後を狙ってきた剣士、閃光の中で動く重戦士。

全員が自分と互角以上であり、誰一人として気が抜けない。

クトーが相手を殺さずに制圧するのを諦めると、呼応するように三人から放たれる圧が増した。

こちらから動いて攻め続けなければ、逆に殺されるだろう。

クトーはカバン玉から旅杖を抜き出しながら手を捻って留め金を外し、重戦士へ鞘を飛ばした。


――――相手がそれを弾く音が響いたところで、閃光が消滅する。

クトーは目を開くと、片手剣と仕込み刀をだらりと両脇に垂らした。

そして、滑らかな動きでこちらに迫って来る小柄な拳闘士に向けて、片手剣を刎ね上げる。

敵が狙い通りに剣の腹を叩こうとするのを見て、柄から手を離した。

「……！」


拳闘士が顔めがけて飛んできたそれを、首を傾けてギリギリで避ける。

その隙に仕込み杖を両手で握り、剣士に向かって突きを放った。

相手は素直に後ろに下がり、伸び切った剣先に斬撃を合わせてくる。

クトーはそれに逆らわない。

弾かれた仕込み杖は見ずに、カバン玉から片手で二本のダガーを引き抜くと一本を宙に放った。

その柄尻に刃先を立てるようにもう一本を構えて、膂力を強化した指先で押し飛ばす。

剣士は撃ち込んだ一本目のダガーを剣で弾き、二本目をもう片方の指で挟み込んで止めた。

しかし、それを悠長に眺めている暇はない。

クトーは回転しながら落ちてきた仕込み杖を受け止め、体を捻りながら背後に振り落とす。

迫ってきていた小柄な拳闘士がそれを避け、空振りしたところで目が合った。

光に照らされたこちらの顔を見て、相手が目を見開いて動きを止める。

――好機。

クトーは即座に足を踏み込んで拳闘士にピタリと密着すると、抱きしめるように首に腕を回して、もう片方の手で服の背中辺りの布を掴む。

そのまま首投げを打った。

相手は抵抗しないままに、投げの威力を受け身で殺しつつ口を開く。


「ちょ、待っ！　クトーさん!?」


聞き覚えのある声だった。

クトーは、腕で喉を絞める動きをピタリと止めて、拳闘士の顔を見る。

童顔に似合わない無精髭を生やした顔がそこにあった。

「え？　なんでクトーの兄貴がこんなところにいるんスか？」

「そら強ぇわ……ったく、ダルい……」

目を向けると、重戦士が面当てを上げ、剣士がブラリと手を下げている。

クトーは、引きつった表情で両手を上げげる相手から手を離した。

ホッと息を吐いて立ち上がったのは、よく見知った相手である拳闘士《ファイター》のギドラ。

「……」

次に、屋根の大穴から差し込む光の下に近づいてきた残り二人を見る。

実直そうな濃ゆい顔をしているハゲの重戦士《ウォリアー》ズメイと、のっぺりした顔立ちで眠たげな半眼の剣闘士《グラディエーター》ヴルム。


――そこにいたのは、紛れもなく【ドラゴンズ・レイド】の仲間たちだった。


クトーは、眉根を寄せてメガネのブリッジを押し上げると厳しい声音で問いかける。

「……お前たちが盗賊だったのか」

「いやいやいや!? 誤解っすよ!?」

その言葉に、ギドラがブンブンと大きく首と両腕を横に振って否定した。

「誰に命じられた? 事と次第によっては、向こう半年ほど牢屋の中で労役に勤しんでもらうが」

「そんなダリィことしてらんねーすよ……つか、盗賊じゃねーっすし」

ヴルムが眠たげな顔のまま、めんどくさそうにボソリと言う。

「当然、その間は無報酬だ」

「そんな殺生な！　何も悪いことしてねースよ!?」

ハゲのズメイが兜を脱ぎながら言い訳をするのを無視して、クトーは三人に指を突きつけた。

「この三バカどもが。他人に迷惑をかけるな」

「「「だから違いますって！　つか、ちょっとはこっちの話聞けよ!!」」」


「では、理由を説明しろ」

クトーは少女らと合流し、片付けた小屋の中で仲間と車座になっていた。

「ここにいたのは、リュウさんの命令なんっすけどね」

三バカの中で先頭に立つことの多いギドラが、アゴの無精ヒゲを掻きながら口を開く。

「ここの盗賊連中が、港で荷物強奪してた連中の協力者だとか何とか」

「それがなぜ、お前たちが奥の部屋に獣を軟禁していることに繋がる？」

「いやだからちげーっすよ！　待ち伏せしてたんっすよ！」

「待ち伏せ？」

ギドラは割と単純で気まぐれな性格のせいか、話を筋立てて話さない。

クトーは、三バカの中で一番年少だが生真面目な性格をしているズメイに目を向けた。

「何を待ち伏せていた？」

「ここを住処にしてた盗賊連中を、スよ」

三人がリュウに命じられてここに来た時、獣たちは少し弱り気味で人の姿はなかったらしい。

「ミズチさんに連絡したら、そのまま待機を命じられて、今日で三日目なんス」

ズメイの言葉に、極度に面倒くさがりなヴルムがクァア、とあくびをしながら続ける。

「んで、戻ったら捕まえろってダリィこと言われたんすけど。多分盗賊、もう死んでるすよ」

「そう判断する理由は？」

「あのゾンビどもっすよ。クトーさんも墓場のほうから来たんなら、見たんじゃないっすか？」

ギドラが小屋の外、死体が埋まっていたと思われる穴がある方向を親指で示す。

「あのゾンビども、一日に一回湧き出しやがるんっすよ。来た時にもなんか墓場にいたんで、とりあえず潰して柵も直したんっすけどね」

「湧き出すほど大量の死体が埋まっていたようには見えないが」

クトーらが先ほど相手にした六体でも多いくらいの大きさの穴である。

不可思議な話に、ギドラは大きく肩をすくめてみせた。

「湧いてくるもんは湧いてくるんっすから、しゃーなくないっすか？」

「俺らも魔法のことあんま分かんないんで、多分、すけど」

めんどくさがりな代わりに冷静なヴルムが、疑問を放り投げようとしたギドラの代わりに答える。

「あそこ、ダリィもんが埋まってるんじゃねーかと思うす。転移魔法陣みてーな」

「そうなのか？」

「多分すよ。だからそれも伝えて、ダリィから獣運ぶついでに調査してくれっつってんすけどね」

「ふむ」

クトーはアゴを指で挟んで、メイのほうを見た。

彼女は小屋に入った時から上の空で、ずっと鍵がかかった奥の扉を見つめている。

「ズメイ。リュウかミズチから連絡はあったか？」

「今日はまだ、スね」

「後で俺が連絡しよう。とりあえず獣たちをもう少し快適な環境にしてやり、墓穴を調査する」

クトーが決定すると、ギドラたちは異論を言わずにうなずいた。

「……めちゃくちゃ素直にクトーの言うこと聞くのね……あのギドラさんが……」

レヴィがどこか感心したように言うと、いぶかしげな顔をした拳闘士が彼女を見る。

「クトーさん呼び捨てって……何だお前、俺のこと知ってんの？」

「以前ビッグマウスの件があった時、南の開拓村にいた少女だ。レヴィという」

「「「は？」」」

三バカが一斉に声を上げ、少女の顔をまじまじと見た。

「え、マジで？」

「いや……言われてみればあのダリィくらい元気な幼女にソックリだな……」

「へー、大きくなったスねぇ！」

「んで、それが何でクトーさんと一緒にいて、しかも呼び捨てなんっすか？」

「森で会った。くわしい事は後で説明する」

「クサッツでリュウさんにも会ったわ。ギドラさんは相変わらず童顔ね。無精ヒゲも似合わないし」

レヴィの言葉に、顔のことを言われるのが嫌いな拳闘士は額に青筋を浮かべた。

「……おいコラ、レヴィ。テメェデカくなっても失礼なの変わってねーな？　あぁ？」

「何よ、事実じゃないの」

平然と答えるレヴィを横目に、クトーは一応ギドラにクギを刺しておく。

「敵でもない婦女子を殴るような真似はするなよ」

「そいつはクトーさんの教えが骨身に沁みてるんで分かってるっすけどねぇ！」

レヴィをねめつけながら、彼はさらに言葉を続ける。

「ちっさい頃から背丈も胸も成長してねーガキんちょに言われたら腹は立つんすよねぇ!?」

「む……っ!?　ギドラさんこそ、子ども相手に本気で鬼ごっこで逃げ回ってたような大人気《おとなげ》ない大人からちっとも成長してないわね！　だから童顔なのよ！」

「また言いやがったな！」

きゃんきゃんと言い合いを始める二人に、ヴルムはうんざりしたような顔で片耳に小指を突っ込んで、ズメイは呆れたようにハゲ頭を撫でる。

「ああ、なんかこのノリ、ダリィくらい聞き覚えがあるな……」

「そうスね。ギドラの兄貴、ほどほどにしといてくださいよー」

クトーは、そんなやり取りを見ながらギドラに関してとても疑問に思っていることを思い返した。

それはなぜ無精ヒゲなど生やすのか、ということなのだが、彼の顔に関する話題に触れるのはタブーなので聞けていない。

なぜなら、「可愛らしい顔立ちをしているな」とクトーが言ったことでケンカになったのがギドラとの出会いだったからである。

いまだに納得がいかないが、それ以降もギドラが問題を起こす時はたいがい顔関連だった。もったいない話である。

「ふふ……これはこれでありですが……この人たち、本当にレイドの人たちですか……？」

クトーは立ち上がりながら、レヴィたちを眺めてニヤニヤしているル・フェイの質問に答える。

「疑わしいか？」

「正直……戦史の教科書に名前が出てくる方々とは……」

「まぁ、そうだろうな」

勇者の仲間に相応しい性格をしているか、と問われると、クトーも首をかしげざるを得ない。

が、勇者からしていい加減な性格をしているので類は友を呼ぶのだろう。

「三バカは最初期のメンバーだ。実力的にはリュウに次ぎ、とても頼りになる」

「へぇ……あだ名はすごく賑やかしっぽい感じですけど……」

彼女は、なぜか微妙な顔をした。

しかし彼らはチンピラだった頃から指導し、死なずの心得と技術を叩き込んだ三人である。

短気で奔放な纏め役のギドラ、冷静で怠惰な参謀のヴルム、愚直で真面目な歯止め役のズメイ。

この三人の性格は良い意味で三竦《すく》みであり、本当にいいチームなのだ。

戦闘面で見ても、盾のズメイを軸とする連携に秀でた彼らに初見で対応出来る者は少ない。

「で、クトーさんはどうなんでしょう……？」

「俺の名前は教科書に載っていないだろう？　つまりはそういうことだ」

「先ほど、最初から勇者リュウと一緒だったと聞いた気がしましたが……」

「そう。最初はあいつの世話係で、今はパーティーの雑用係だ」

『ヒヒヒ……』

それまで黙って話を聞いていたトゥスが、こらえきれなくなったように漏らした笑いを無視し、
クトーはメイに目を向けて奥の扉を指差した。

「獣の部屋に行こう。幼竜を迎えに来たんだろう？」

「は、はい～！」

待ちわびていた様子のメイは、パッと表情を明るくして立ち上がった。

中に入ると奥にある檻の中で怯えた様子の獣たちの中に、一匹の幼竜が交じっている。

「リョーちゃん～っ！」

「キュイ!?」

檻を開いて足を繋いでいた鎖を外した少女は小竜を抱きしめ、泣きながら頬をすり寄せた。

「良かった～！　無事で良かったよぅ～！」

「キュイ～……」

その様子を、クトーが和やかな気持ちで眺めていると。

「あの……ありがとうございます……」

「む？」

いつの間にか近づいてきていたル・フェイに礼を言われて、クトーは首をかしげる。

「何がだ？」

「あの子……リョーちゃんがいなくなってから……無理に明るく振る舞っていたので……」

「そうなのか？」

「昨日……クトーさんと会って食事をするまで……あの子ほとんど物を食べなかったんです……」

フードに押さえられた前髪に隠れていた目の片方が、チラリと覗く。

形のいい目元に、感謝の色が浮かんでいるように見えた。

「だから……ありがとうございます……ふふ……」

「礼を言われることでもない。依頼を果たしただけだ」


――その後クトーは外のゾンビ穴も調べたが、転移魔法陣に類するものは見当たらなかった。

一つ小さな異変は、リョーちゃんの首に嵌《はま》っていたという首輪が外されていたことだ。

全員が外に出ている中で、メイがそう言いだしたのである。

「何か特別なアイテムなのか？」

「お爺ちゃんが、リョーちゃんが生まれた時にくれたものです～……」

大事なものだったのに、としょんぼりとメイが長い耳を下に向ける。

「外したとすれば盗賊団だろうな。犯人が見つかったら尋ねる項目に加えておこう」

「よろしくお願いします～……」

とりあえずミズチに連絡もつき、騎獣たちの回収班をよこす、という話だった。

どうやら港の荷物強奪犯の根城を突き止めたとかで、そちらに人手を取られていたらしい。

クサッツの事件以外にも芋づる式に悪事が露見し、大規模な捕物が数日にわたって行われたようだ。

「回収班が来るまで、ギドラたちはここで待機していろ。その後はオーツで仕事だ」

「……俺らって、まだ休暇中じゃなかったっすか？」

ギドラの言葉に、クトーは肩をすくめる。

「後一週間くらいはその予定だったな」

「で、何でナチュラルに仕事の命令してるんっすか？」

「お前たちがここにいるのも依頼を受けて仕事をしているからだろう？」

不思議なことを言うものだ。

クトーがシャラリとチェーンを鳴らしながら首をかしげると、ヴルムがボリボリと頭を掻く。

「リュウさんのせいすよ……マジダリィ……」

「というか、元はクトーさんを休ませる予定だったのになんで働いてんスか？」

「俺はきちんと休んでいる。温泉に行き、美味いものを食べたしな」

「でも来る途中、絶対なんかの依頼を受けたっしょ!?」

「当然だ。歩くついでだからな」

「クサッツでもどーせダリィ仕事してたんすよね……？」

「旅館に泊まるついでにな」

「そのついでに仕事っていうのがおかしいんスよ！　休む時は休んでくださいよ！」

「大したことじゃない。旅館の経営を手助けして、潰そうと企んでいた相手を追っただけだ」

「「で、どこが休んでるんすか？」」

「む？」

クトーは少し考えた。

商会連合のファフニールに、巨額の金が絡む依頼を受けている訳でもない。

国王ホアンから、国家陰謀に関わる極秘任務を引き受けている訳でもない。

リュウと共に、強大な魔王や荒ぶる邪竜へ挑む準備をしている訳でもない。

「……やはり、どう考えても休んでいるが？」

そもそも普段と違ってトゥスやレヴィと出会ったり、可愛らしい少女たちの着物姿や着ぐるみ毛布姿を堪能したり、温泉街をそれなりに楽しんだりしている。

むしろこれで休んでいなければ、どう休めばいいのか分からないほどだ。

「ああもう、この仕事バカはほんと……」

「クトーさん、ダリィこと大好きだしな」

「休み取らせようとするだけムダだったスね」

三バカがひそひそ言ってるが、全部聞こえている。

「休んでいると言っているだろうが。レヴィは可愛いし、トゥス翁もクシナダも可愛い。ミズチの着物も眼福だった。昨日出会ったこの二人もそれぞれに可愛らしい。これ以上の休暇はない」

最近は、一日中可愛いものを見ているのである。

「この可愛い病患者め……！」

「ジブン、やっぱりクトーさんの頭の中が理解できないス」

そこで、呆れる他の二人と違い、ヴルムが目をぎらりと光らせながら問いかけてきた。

「クシナダってのは誰すか……？」

彼は非常に面倒くさがりだが、二つだけ自ら積極的になることがある。

女と賭け事だ。

「クサッツで会った旅館の女将だ。可愛らしいぞ」

クトーがヴルムに答えると、ギドラがうがー！　と頭を両手で抱えながら吼えた。

「またっすか!?　クトーさんまたモテてんすか!?　しかも可愛いとか！　ミズチ拾ってきた時からずーっと思ってたっすけど、世の中不公平じゃないっすか!?」

「何を言っているんだお前は？」

「じゃ、今度紹介してもらってもいいすか……？」

「構わないが、トラブルを起こしたら減俸で済むと思うな」

「あ～……ダルそうなんでやめとくす」

「兄貴たちは懲りないスね～。クトーさんの連れて来る女の子は可愛いスけど、大体クトーさんに惚れてるんで、兄貴たちじゃコナかけるだけ無駄スよ」

　笑いながら言った直後に、ガンガン、と左右からズメイが頭をど突かれる。

「いてぇ！　何するんスか！」

「やるだけ無駄ってなんだコラ！　少なくともてめぇよりは脈あるわデクが！」

「殴るとかダリィことさすな、このハゲが」

「いやでも、ジブン、兄貴らと違って彼女いるスし」

　そんなごく普段通りの光景に、クトーは構いもしなかった。

「話を戻すが、仕事といっても元はレイドとしての依頼ではなく個人依頼だ。後一週間で全て解決して王都に戻れなければ、減俸を二ヶ月に増やす」

「「「なんて理不尽な！」」」

「当然だろう。そもそも一ヶ月休みなどとふざけた真似を始めたのはお前たちのほうだ。後、一日待機している間にこの屋根も修理しておけ」

「ブチ抜いたのクトーさんじゃないっすか！　自分で直してくださいよ！」

「お前たちのせいで、俺はニードルとハンマーを無駄にした。嫌ならこの分も請求するが？」

「いや、そっちが勝手に襲いかかってきたんじゃないっすか！」

「盗賊の根城で完全に気配を消しておいて、その言い訳は通らない」

「いや……じゃ、ダリィことになっても気配悟らせたほうが良かったんすか……？」

「仮にもレイドのメンバーだろう。そんな無様な真似を許すはずがない」

「八方塞がりスね。どうしろと？」

口々に反論してくる三バカを、クトーは冷たく一瞥した。

「だから屋根を修理しておけ。それでチャラにしておく」

「俺、さっきの奇襲で下手すりゃ殺されてたんすけどね!?　それはどうなんっすか!?」

「気づいたのだから問題ないだろう。そもそも俺程度に殺されるような腕前でもないはずだが」

「いやいや、いやいやいやいやいや!?」

「リュウにも言ったが、第一にお前たちが俺に休暇を出したのが遠因だ。それがなければ、ここで鉢合わせることも戦闘になることもなかった」

「めちゃめちゃ結果論じゃねぇっすか！」

「第二に、どんな理由だろうとリュウにくっついていけば、依頼を受けようが受けまいが面倒ごとになるのは目に見えていたのに、お前たち自身がそれを選んだ」

「確かにちょっと後悔してるスけど、あの人を放っといたら何しでかすか分かんねぇスから……」

ズメイが苦渋の表情を浮かべたところで、クトーは三バカに指を突きつけた。

「つまり自業自得だ。ゆえに屋根は直しておけ」

「……ギドラさんたちって、本当にレイドのメンバーなんですか～？」

　そのまま三バカの嘆きを無視してリュークの元に向かう途中、メイが沈痛な面持ちで言うのに、彼らの性格をよく知っているレヴィがあっさりと答える。

「本当よ。私昔会ったことあるし」

「やっぱり、イメージと全然違う……」

「それは言う通りだけど。確かに実力がありそうには見えないわよね……」

「元はただのチンピラだからな。人の性格はそう変わらん」

　それを言うのなら、リュウやクトー自身も似たようなものなのだが。

「別に俺たちは知恵と勇気があり、誰よりも人格に優れたパーティーというわけではない。リュウが行く先々で厄介ごとに首を突っ込み、その無茶に付き合える奴らが残っただけだ」

「ああ……なんか目に浮かぶ……」

「そうだろう」

「同じくらい、クトーにスパルタ修行させられてる光景も目に浮かぶけど……」

「む？」

　別にそんなことをした覚えはないのだが、レヴィの呻きに反論するより前に墓場についた。

　メイが指笛を吹くと、リュークが降りてくるのが見える。

「では、オーツに向かおう」

「うぅ……またあの姿勢で乗るのね……」

　レヴィが、なぜか顔を赤らめていた。

第三章　オーツの海と鎮魂歌《レクイエム》

港街オーツ。

九龍王国の宝物庫とも呼ばれる、異国の品々が並ぶ国内唯一の海港都市だ。

交易の要として王都と同等程度の戦力を備えており、練兵学校がこの街にあるのも陸海空の兵士を一ヶ所で育成出来るからである。

街に入ったクトーたちは、一度二人の少女と別れた。

勝手に出て来たメイは母親に怒られると涙目になっていたが、自分で蒔《ま》いた種なので仕方がない。

「海はどっちかしら？」

潮の香る中、建物の少ない大通りには代わりに簡素なテントが幾つも連なっていた。

ワクワクーた様子で先に歩いていくレヴィに、クトーはクギを刺す。

「この大通りをまっすぐ進んだところにあるが、先に行くな」

最初にその光景を見た時はクトーも驚いたので無理もないが、彼女は先ほど上空から海の景色と多数の船を見て興奮し、浮き足立っているのだ。

「あ！　何あれ凄い！」

「……話を聞いてるのか？」

相づちすら打たず大道芸人を指差すレヴィに、クトーは軽く眉根を寄せた。

「レヴィ、俺たちの目的は観光ではない。ギルドに赴いて事件の進捗を把握するぞ」

「え、じゃあ海に行かないの？」

「ギルドが近いので幾らでも見れるが、今は悠長にしている暇がないと言っている」

「なんで？　ここには一週間くらい居るんでしょ？」

人波の中で首をかしげたレヴィに、値段交渉の怒号を聞きながらクトーは指を立てた。

「いいか。俺はあくまでも休暇中だ」

「……………そうね」

「その間はなんだ？」

「別になんでもないわよ。で、のんびりしない理由は？」

「遊び呆けて王都への帰還が遅れるのは本末転倒。観光は事件を解決し、余裕があればする」

「そう……仕方ないわね」

「もし観光したければ、一度王都に戻って生活が落ち着いた後にでも、また改めて……む？」

「ぷぎゅ」

クトーが立ち止まって手を差し出すと、横を歩いていたレヴィが腕にぶつかった。

「痛いわね！　急に何よ！」

「すまん」

クトーは謝ったが、海の向こうで作られた装飾品の数々を並べたテントから目が離せない。

「……ちょっとクトー？」

目線を追ったレヴィが、なぜか外套の腰辺りを指でつまんでくる。

「レヴィ、少し待っていろ」

「ギルドに行くんでしょ!?　なんか嫌な予感しかしないからやめなさいよ！」

「どういう意味だ？」

「あなた、クサッツで同じ状態になった時に私にこれ買ったじゃないの！」

言いながらレヴィが指差したのは、自分の前髪を留めている髪飾りだった。

センツちゃんと呼ばれる、温泉街のマスコットに似せた可愛らしい品である。

「そういえばそうだな。で、店主、これはいくらだ？」

クトーが指差した先にあったのは、白いフワフワの装飾品だった。

柔らかそうな羽毛で出来た大きさの違うそれが、五つ一揃いで置かれている。

「ちょっと、何無視してるのよ!?」

わめくレヴィを軽く見やってから、店主は異国訛《なま》りのある声音でボソリと告げた。

「銀、十」

おそらくは銀貨十枚、ということだろう。

「一揃いか？」

「意味、わからない」

「五つでか？」

「そう」

北の国との交易路を考えた分の代金にしては、随分と安い。

見立て違いではないはずだが、と再度装飾品を眺めていると、レヴィが問いかけて来た。

「ちょっと！　買っても私つけないからね!?」

「嫌なのか？」

「嫌に決まってるでしょ!?　やっぱりクサッツの時と一緒じゃない！」

レヴィが犬歯を剝き出しにするが、クトーはそれに対して首を横に振った。

「いいや、そうではない」

「嘘言ってんじゃないわよ！」

「本当だ。これは『効果付き』の風の装備……【ハイド・ラビットの綿毛】と呼ばれる、北に住む魔物の冬毛を加工した珍しいアイテムだ」

「へ？」

「高速で動く装備者に幻惑の効果を付与する、お前にとって非常に有用な品だ」

「……そうなの？」

「ああ。上手く使えば、目の前でしゃがむだけでお前の姿を相手が見失うくらい効果が高い」

レヴィは効果に興味を惹かれたのか、綿毛に目を向ける。

「そ、それ凄くない？」

「死角に回り込めば、もう一度視認されるまで気配ごと消えることもできる」

使える人間が限定されているからか、北の王国ではごく当たり前の装備なので安いのか。

現時点で手に入るレヴィの装備としては、間違いなく掘り出し物だった。

「腕に一個つければいいの？」

「いや。首と四肢につけないと効果を発揮しない」

クトーはそれをつけたレヴィの姿を想像した。

真っ白なふわふわの首輪と手足につけた輪っかは、彼女の褐色の肌に映える。

間違いなく、可愛らしいだろう。

同じ姿を想像したのか、レヴィはブンブンと首を横に振る。

「やだ。無理」

「有効な装備だぞ。しかも可愛らしい。どこに嫌がる理由がある」

「その可愛いってとこが嫌なのよ！　大体私、銀貨十枚も持ってないわよ！」

「常時身につけるなら、俺からの贈り物にしよう。借金には乗せない」

するとレヴィは苦渋の表情でしばらく悩んだ末に、ちらっと上目遣いにこちらを見る。

「……本当に？」

「良い買い物だからな」

「うう～……っ！」

口もとに拳を当てながら眉根を寄せた彼女は、結局最後に了承した。

――綿毛を身につけたレヴィは、非常に眼福だった。


「……何でお前がここにいる？」

デジャヴを感じながら、クトーは案内されたギルド長の部屋で一人の女性にそう問いかけた。

「ミズチさんに言われて資料を届けに来たんですよぅ～」

ニコニコと答えたのは、本来フシミの街にあるギルドに勤めているサピーという名の職員である。

丸メガネにショートカットの彼女は、バラウールの娘だ。

横で微笑んでいるミズチにちらりと目を向けると、彼女は静かに首を横に振る。

……サピーの病気を治すために、バラウールが魔族と契約を結んで死んだことは、どうやらまだ伝えていないようだ。

クトーは改めてサピーに目を戻した。

「資料というのは？」

「オーツの荷物強奪犯と騎獣狩りをしている盗賊団が繋がってたのでぇ～、その資料ですぅ～」

彼女の話し方は、間が抜けているように聞こえるが実際は頭脳明晰で優秀な職員である。

「ふむ。その話は後で詳しく聞こう」

二人に軽く手を挙げてから、物静かに座っている男に向き直ったクトーは頭を下げた。

「お久しぶりです、ダリさん」

「魔王退治の陰の立役者であるクトーくんに頭を下げられると、なんか変な気分ですね」

気弱そうな印象のほっそりとした中年男性は苦笑いをしながら、困ったように頬を掻いた。

港街オーツにある冒険者ギルド長を務める元・Aランク冒険者のダリである。

「元気でしたか？　君の噂は本当に聞かないものですから」

「特に体調を崩すこともなく。なぜか休暇を取らされてここにいますが」

「休暇？」

尋ねられて経緯を説明すると、ダリは何度かうなずきながら話を聞いた。

「すごくクトーくんらしい話ですね」

「そうですか？」

「ええ。君は自分が大丈夫だと思ってても、周りから見ると心配になるタイプですから」

「てゆーか、陰の立役者って何……？」

横でレヴィがこっそりとミズチに尋ねるのが耳に入る。

「レイドのメンバー育成をして、対魔王戦の戦略を立てたのはクトーさんですから」

「そ、そうなの……？」

「ミズチ、嘘を吹き込むな。俺は誰でも出来る雑用をしただけだ」

「はいはい」

振り向いてたしなめると、ミズチはクルリと一度目を回して口をつぐんだ。

するとダリがレヴィに目を向け、小さく首をかしげる。

「その子がレヴィさんですか？」

「あ、はい。初めまして」

先ほど話した中に出てきたからだろう、彼が問いかけるとレヴィは軽く頭を下げた。

それからなぜか、クトーのほうを上目遣いに見てくる。

「何だ？」

「えっと、話していいの？」

「何でいけないと思う？」

「ギルド長、という肩書きだけは偉そうですが、僕は大した人材ではないですよ」

「それは、現在のギルド総長が所属していたパーティーを纏めていた方の言葉ではありませんね」

「そうなの!?」

「いやいや、昔の話ですよ」

「ダリさんは謙遜しているが、この街の冒険者ギルドは本部並みに重要な場所だ。そこを任されているだけで、今でも十分すぎるほどに信頼されている」

「は、ハードル上げますね……」

ダリは気弱そうな表情で、レヴィに向かって両手を上げる。

「僕のところは、単に他の皆が凄かったんですよ」

そのやり取りを黙って聞いていたレヴィは、なぜかミズチとサピーに目を向けた。

「つまりこの二人、似た者同士なんですね？　タイプ違うけど」

「そうですね」

「正解ですぅ～」

「どういう意味だ？」

「いやもうそれは良いわ。分かったし。それよりオーツが重要っていうのはどういう意味？」

「……先ほど歩いている時にも言ったが、この街には練兵学校がある」

スパッと切り捨てられて疑問が残ったままだが、クトーは納得いかないながらも話を続けた。

「その国防の要となる人材の育成には、冒険者ギルドと九龍王国魔導師協会も協力していてな」

魔法は学問であり、ギルドは対魔物戦闘の最前線である。

それらの情報を集約することは、新戦術の構成や実験、魔物の分布変化による戦力の再配置など、国防や治安の重要な部分にも関わってくるのだ。

「ゆえにここには有能な人材が多く集っていて、三者の合同真理探究もこの街で行われている」

「真理探究って、何？」

「それだけでは特に『意味を持たない』魔法の学問研究だな」

レヴィはその言葉が理解し難かったのか、訝しげに顔をしかめた。

「お金を出して、役に立たないことをやるの？」

「世界の解明や知識の蓄積そのものが目的なんだが……探究過程で生まれたものも数多いぞ」

「そうなの？」

　ああ、とうなずいたクトーは、指を三本立てた。

「例えば『氷結魔法における物質運動停止現象限定再現』と『魔力生成亜空間の恒常固定実験』『古代転移魔法陣の転移特異点生成』という全く別に行われていた研究があった」

「う…………………うん」

「これらを組み合わせた魔導具が【カバン玉】だ」

「ほぇ!?」

「連絡手段としてよく使う【風の宝珠】も同様だ。……真理探究は、運輸や戦場のあり方を塗り替える可能性がある。オーツのギルドを預かる者の責任が重いというのはそういう意味だ」

「へぇ～……」

　ダリの凄さを理解できたのか、レヴィが彼を見る目が変わった。

「大したことはありませんよ……しかも最近は、全て上手くいっている訳でもないので」

　クトーは声を少し低くしたダリに、軽く目を細める。

「どういう意味です？　業務に関して何か支障でも？」

「支障、というほどでもないのですが。僕は貴族の出身なので、貴族連の絡みで色々と動きやすいこともあれば動きにくいこともあります」

　貴族連、というのは、九龍王国の旧支配層である。

　古くから国に貢献もして来たが、ホアンの代で体制が変わったので厄介な面もあるのだ。

「それがギルドとどう関わってくるの？」

レヴィが軽く頬に手を添えて首をかしげると、その疑問にダリが答えた。

「練兵高等学校に学長のご息女が通っておられまして。派遣する教師冒険者《ぼうけんしゃ》への口出しが少々……」

「ふむ。身分的な問題ですか？」

「ええ」

冒険者は基本的にはならず者の集まりであり、ダリのような貴族出身の者などほとんどいない。

「なので、臨時の講師に悩んでましてね。クトーさん、一度だけでもいかがですか？」

「余裕があれば引き受けますが……ミズチ。事件の進捗はどうなっている？」

「クサッツに荷物を横流ししていた強盗団に関しては、供給ルートの確認が取れました」

温泉街でクトーとレヴィが泊まった高級旅館は、経営が逼迫していた。

その原因がクサッツの地主と、オーツで荷物を奪っていた強盗団だったのである。

「調べたところ港の仕切り役が噛んでおり、主な狙いは個人の小規模交易船だったようです。実際の手口は強引な奪取よりも、恫喝による横領や買い叩きが多かったと」

「港への出入りを禁じられたら困る、口をつぐむしかない人間だけを狙っていたのか」

「はい、仕切り役は強盗団と一緒に捕縛しました。リュウさんがかなり怒ってましたし」

「港の警備兵は、仕切り役の配下と通じての賄賂受け取りなど規律が緩んでいたようですので〜、ギルド総長を通じて陛下に報告していただきましたぁ〜」

「海軍総督は現場の状況を把握していなかったようで、警備人員の刷新を行うということです」

ミズチとサピーが交互に報告した事柄を、クトーは頭に叩き込んだ。

「オーツの領主が、二つの盗賊団の件に関わっている可能性は？」

クサッツでは地主が裏で糸を引いていたので尋ねたが、ダリが首を横に振る。

「それはないかと。ここの領主は練兵高等学校学長の親族で……それを言うと僕もなんですけど……清廉潔白な人物です。一応ギルド直属のスカウトを使って調べましたが繋がりはありません」

そこで彼は、小さく自嘲的な笑みを浮かべた。

「うちの一族はプライドも高い。民衆から浅ましい搾取を行うのは高貴な者のすべきことではなく、庇護してこそ為政者だ、という意識を持っておられる方が大半です」

「ちなみにこの件を始めた人物に関しては、大体目星がついてますぅ～」

次にサピーが、手元の書類を見ながら手を挙げる。

「『行商人のサム』という小太り男性と、護衛らしき『エイト』という人物を捜索中です～」

その容姿の特徴を聞いてクトーの頭に浮かんだのは、旅館で見かけた出入りの商人だった。

「他には現在、回収した騎獣と荷物のチェックを行っていますぅ～」

「ふむ。ではミズチ。その中に、首輪が交ざっていなかったかを調べておいてくれ。助けたワイバーンの幼竜が首に嵌めていたものが行方不明でな」

「分かりました。一覧が来たら確認しておきます」

「頼む。それと、リュウを呼び出してくれ」

ミズチが理由を目で問いかけてくる。

特に隠すことでもないので、クトーはすんなり答えた。

「少し話があってな。事件に関しては、後は首魁《しゅかい》の行方さえ分かれば解決か」

「そうですね」

「では、我々はこれで失礼します」

クトーがダリに頭を下げると、彼はうなずいた。

仕事の話ではなくなったとたん、ミズチがレヴィに話しかける。

「先ほどから気になっていたのですが、クサッツで見た時よりも可愛らしい姿になっていますね」

「ほ、ほっといてください！」

真っ赤になったレヴィを見て、彼女はクスクスと楽しそうに口元に手を当てた。

その後、クトーはギルドの待合に戻りリュウを待つことにした。

ミズチやサピーは報告書をまとめに行き、一緒にギルド長室を出たダリが問いかけてくる。

「クトーくんは、この後どうするんですか？」

「少し用事があります。宿をとって、事件の犯人を全員捕まえたら王都に帰る予定です」

ダリとしばらくたわいない雑談をしていると、不意に入口のほうが騒がしくなった。

「も～！　勝手について来ないでくださいよ～！」

「そういうわけに行くか！　昨日、無断で外泊してたってどういうことだ!?」

目を向けると、早足で歩くメイを見覚えのない少年が追いかけており、その後ろからル・フェイがのんびりと歩いてくる。

それを見て、ダリが声を漏らした。

「アッチェ？」

「知り合いですか？」

「……息子です」

ダリが答えたところで、こちらの姿を見つけて、メイがタタタ！　と駆けてきた。

目尻がわずかに赤い。

「泣いていたのか？」

「あ、こ、これは～……」

「ふふ……お母様に怒られて……」

「ル・フェイ～！　言わないでくださいよ～！」

そうして二人の少女が戯れているのを横目に、同じようにこちらを見た気の強そうな少年……アッチェは、ダリを見て嫌そうな顔をした。

「父さん……」

「一体どうしたんですか？」

自分の息子相手にも敬語を崩さないギルド支部長は、少し困ったように微笑んで問いかける。

「別にあなたに関係ないですよ」

拒絶するような言葉に、ダリは微笑みながらも少し寂しそうな色を浮かべた。

「おじ様～！　アッチェ、待ち伏せして文句ばっかり言ってくるんです～！」

「違うだろうが！　俺は寮長としてだな！」

「アッチェは男子寮の寮長だから……全然関係ない……」

「うるせーなル・フェイ！　黙っとけ！」

「もう少し、言葉遣いに気をつけませんか？　アッチェ。従姉妹とはいえ、相手は女性です」

ダリが口を挟むと、アッチェは舌打ちした。

「クソ……メイ！　後で話聞かせろよ！」

「嫌ですよーだ！」

メイがベー！　と舌を出し、その様子を見ていたレヴィが呆れたように言う。

「なんか、すごいうるさいヤツね。ダリさんと正反対」

「ああ!?　なんだお前？」

それを聞きつけたアッチェがジロッと彼女を睨みつけ、ふん、と鼻を鳴らす。

「なんだその格好。おままごとで冒険者の真似っこでもしてんのか？」

「誰がおままごとよ！　私はあなたよりよっぽど強いわよ！」

「はん。そんな実用性のカケラもなさそうな装備でか？　髪留めだの鎧のフリルだの、おしゃれに命がけで戦う気があるとはとても思えねーけどな！　可愛いとでも思ってんのか？」

「ッ！　……じゃあ、戦えるかどうか試してみる!?」

ブチン！　と音が聞こえそうなくらい一発でキレたレヴィの肩を、クトーは暴走する前に押さえつけた。

「落ち着け」

「離しなさいよクトー！　あのムカつく野郎、絶対ぶん殴ってやる！」

「口が悪いぞ。同じレベルで喧嘩をするな」

「いきなりあんなにバカにされて黙ってろっていうの!?」

「大丈夫だ、その格好は非常に可愛らしい。見る目のない人間を相手にしても仕方がないだろう」

「誰が可愛い可愛くないって話をしてんのよぉ！」

「違うのか？」

クトーは首をかしげた。

どちらにせよ、アッチェという少年に見る目がないのは間違いない。

レヴィに与えた装備は実用性の面も完璧なのだ。

「保護者つきかよ。やっぱりおままごとじゃねーか」

それでも口をつぐまない少年に、クトーは静かに問いかける。

「アッチェ、と言ったか？」

「何だよ」

「お前は練兵高等学校の生徒か」

「そうだけど？　それがどうしたんだよ」

「レヴィはこれでもれっきとした冒険者だ。根性も素質もあり、かつ努力をする気概もある。そして、お前より自立している」

「あ？」

「お前が練兵高等学校に通うための金は、ダリさんが出している。そこでどの程度の成績を収めているかは知らないが」

クトーはそこで、横にいるダリを手で示した。

「偉そうにするのは、親のスネをかじらずに生きていけるようになってから、にしたらどうだ？」

「ぐっ！」

アッチェは言葉に詰まったが、周りを見回して自分の味方がいないと悟ったのか、また舌打ちして背を向けた。

「誰だが知らねーが、ヒョロッちくて大した実力もなさそうなヤツこそ偉そうにすんな！」

そしてドスドスと足音を立てながらアッチェが出て行くと、ダリが頭を下げた。

「メイさん。それにクトーくんとレヴィさんも。うちの愚息がご迷惑をおかけして申し訳ない」

深々と頭を下げるダリに、メイが慌てた様子を見せた。

「お、おじ様のせいじゃないですよ～！」

「いや、育て方は間違ってそうな気がするけどね!?」

なぜか逆に頭を下げるメイに対して、怒りの収まらないらしいレヴィは強い口調でそう言った。

「お前も鼻息を荒くするな。自立していると言ったところで借金まみれだろう」

「何よ！　だってムカつくじゃない、アイツ！　ねぇ!?」

「あの、それは～……そうですけど～」

レヴィが同意を求めると、メイはダリを気にしつつもうなずいた。

「大体この格好はね！　私の趣味じゃなくて！　クトーのせいなのに！　何がおままごとよ！」

「アッチェ、寮でも学校でも一言多いんですよ～。事あるごとに突っかかってきて～」

二人が文句を言いあう様子を見て、ル・フェイがよだれでも垂らしそうな顔で身をくねらせる。

「ふふ……共通の敵を前に結束を深める少女二人……美味しい……」

彼女のその言葉には全く同感だが、クトーとしては頭を下げっぱなしのダリを放っておくわけにもいかなかった。

「頭を上げてください。おじ様、ということは、ダリさんはメイと親戚関係なのですか？」

「そうです」

「コウン翁とダリさんの間に血の繋がりがあった、という話は初めて聞きますね」

「ああ、話したことがありませんでしたね。私の妻がメイの父上と兄妹でして。義父に当たります」

ようやく頭を上げたダリに、クトーはうなずいた。

「なるほど。……アッチェは、ダリさんの息子にしては態度が良くないようですが」

「昔は素直だったんですけどね……どうも、練兵高等学校に入る前後から反抗期に入ったようでして。情けないですが、どう接したものかと」

自嘲するように笑うダリに、クトーは淡々と言い返した。

「一発殴り倒せば大人しくなるのでは？」

「クトーくん……珍しく過激ですね」

「世の中、手を出さなくていいのは聞く耳を持つ者だけです」

冒険者など、まず実力を示して見せないことには話にならないことも多いのである。

レイドの連中はほぼ全員、一回は殴り倒している。

「リュウや三バカなど、昔から何かしでかした時はとりあえず吹き飛ばしていましたから」

「ああ……目に浮かびますね」

「それに、レヴィを侮辱されるのは気分が悪かったもので。こんなにも可愛らしいというのに」

「怒っているポイントもそこですか……相変わらずですね」

他に怒ることなどあっただろうか。

苦笑するグリに対してクトーが首をかしげたところで、リュウがひょっこりと顔を見せた。

「なんか賑やかだな」

言いながら彼が中に入ってきた瞬間、ギルドの中の空気がざわついた。

「あれ……勇者……？」

「は？　おいマジかよ……」

「え、王都にいるんじゃねーの？」

「そういや誰か、聖女ミズチの姿も見かけたって奴が……」

他の冒険者たちがコソコソと言い合うのを平然と無視して、リュウは軽く手を上げる。

「よう」

「おはようございます、リュウくん。有名人は大変ですね」

冒険者たちの反応にダリが感想を言うと、彼は肩をすくめてみせる。

「だからギルドに顔出すの嫌なんだよ」

「有名だという自覚があるのなら、もう少し素行を改めたらどうだ？」

「何でだ？　つーか呼び出した理由を教えろよ」

トラブルメーカーの自覚がない様子のリュウに、クトーは軽くため息を吐いてから答えた。

「話があってな。コウン翁を覚えているだろう」

「竜騎士の爺さんだろ。それがどうした？」

クトーが事情を説明すると、リュウの顔から笑みが消えた。

「……そっか。爺さん死んじまったのか」

「ああ。彼女はコウン翁の孫娘だ」

そうメイを紹介すると、彼女は緊張した様子でリュウの前に出た。

「は、はじめまして！」

「おう、よろしくな」

「今から墓参り、というわけにはいかないが、手向けをしないかと思ってな」

「手向け？」

「久々にチェロで演《や》らないか。コウン翁に教えてもらったものだろう？」

「ああ、そういやそうだったな」

懐かしそうにうなずいたリュウが、そのままアゴをしゃくる。

「なら、すぐ行こうぜ。今のとこ他にやることもないんだろ?」

「まだ宿を取ってないが」

クトーの言葉に、踵《きびす》を返したリュウは肩越しに軽く振り返って、片頬に小さく笑みを浮かべた。

「それなら昨日、ミズチが俺と同じとこで部屋を押さえてるよ」


その後、コウンの妻である祖母やメイの母に挨拶した後。

引きとめられて昼食どころか夕食まで強引にメイ家で供されたクトーは、リュウらと連れ立って港から少し離れた砂浜に向かった。

日の暮れた海沿いは空気こそ湿り気を帯びているが、かなり涼しい。

「……なんか、スゲェ人らだったな……」

「コウン翁が逆らえない理由もよく分かった」

あまりにも有無を言わせない女傑たちのおかげで一日無駄にしてしまったが、仕方がない。

そんなクトーとリュウの前で、少女三人が海を眺めている。

「ほえー……」

「今日は明るいですね～」

「風が気持ちいい……」

三人も女傑の洗礼を受けており、揃いの白い袖なしシャツとキュロットを身につけていた。

欠け始めた月の明かりに照らされるその後ろ姿に、クトーは声をかける。

「レヴィ。泳げないなら、あまり水辺に近づくな」

「失礼ね、泳げるわよ！」

遮るもののない、どこまでも広がる景色に見入っていたレヴィが振り向いて反論してきた。

「……南部の開拓村に泳げる場所があるのか？」

「レヴィが住んでたのは、ティグ・ユーフラ川の下流近くだからな」

リュウが口にしたのは北の山脈から、九龍王国を縦断している王国最大の河川の名前だった。

「それでも海で泳いだ経験はないんだろう？　用心に越したことはない」

「だとよ、レヴィ。お前の拾い主は過保護だな」

ニヤリと笑いかけるリュウに、少女は頰を膨らませた。

「もう！」

「でしたらレヴィさん、離れたところに貝殻を拾いに行きましょ～！　メイはそういうのでアクセサリーを作るのが好きなんです～！」

「私はお昼に食べた、中身のある貝の方が好きなんだけど……」

色気より食い気のレヴィだが、幼竜を肩に乗せたメイに少し離れた場所へと腕を引かれて行く。

それをながめていると、穏やかな波間に映る星に目を向けながらリュウがポツリとつぶやいた。

「……爺さん、良い死に方したみたいだな」

竜騎士コウンの最期は、リュークの側だったらしい。

死ぬ当日の朝までワイバーンの世話をしており、日課の昼寝にお気に入りの丘に向かい……そこで亡くなったのだそうだ。

手には金属を彫る道具と、名前が刻まれた首輪……無くなったとメイが言っていたリョーちゃんのものが握られていた、と。

「考えられる限り最高の死に方だ。俺もそんなのが良い」

岩場に並んで腰を下ろしたリュウの声音に暗い色はない。

しかしクトーは、彼の言葉に秘められたことの意味を理解していた。

「一人が寂しいなら、トゥス翁と仲良くなっておいたらどうだ？」

「長生きするからか」

「ああ。ミズチも、おそらくは俺たちより長く生きるとは思うが」

「時の秘術か？　どうだろうな」

リュウは長命だ。

人ではなく竜の魂を持つ選ばれし勇者であり、肉体はその影響を受けている。

超越活性によって二十代前半にしか見えない若々しい外見、数々の強力な加護や力……それらは人によっては羨ましくも思えるだろう。

時の神や最高神の加護を受けている者は、そうした長命を保つ手段を持っているのだ。

――しかし仲間たちは、確実にリュウよりも先に老い、死ぬ。

『魔王を倒す』という目的のために神に遣わされた者は、平和な世界を生きるのに適さない。

しかし勇者は超常的な存在でありながら、人の精神性を持っているのだ。

【ドラゴンズ・レイド】の者たちはそれでも他の者より長命である可能性が高く、一つの場所に留まって暮らしていれば知り合いも増える。

それが、九龍王国の王都に居を構えた理由の一つでもあった。

リュウがどれだけ生きるのかは分からないが、少しでも長く彼が寂しさを感じずに生きていければ良いと思う。

しかしクック、と喉を鳴らしたリュウは、全て分かった様子でこちらの肩にぽん、と手を置いた。

「心配すんなよ。どうせ、まだまだ先の話だ」

「……そうだな」

それ以上続ける話題でもないだろう、と思い、クトーは口をつぐんだ。

すると、今度は後ろから声が聞こえてくる。

「トゥスさん。どうやら私たちのことを噂されているみたいですよ？」

『ヒヒヒ。わっちは、面白いヤツなら大歓迎だけどねぇ』

クトーが振り向くと微笑んだミズチが立っており、キセルをふかしてニヤニヤするトゥスがその近くに浮かんでいた。

今日のミズチは涼しげな白のワンピースに太い三つ編み姿で、少し強めの風に飛ばされないように、被った麦わら帽子を片手で押さえている。

「面会はどうでしたか?」

「スゲェ目にあったよ。リュークの顔も見たが、元気そうだったな」

「私がコウンさんに直接お会いしたのは一度だけですが……お二方の恩人なのですよね?」

「彼がいなければ死んでいたか、魔王を倒すのにもっと時間が掛かっていただろうな」

竜騎士コウンは、出会うべくして出会った人物だった。

その後も彼の助力によって、ホアンが王都を奪還する際のお膳立てを素早く整えることができたのだ。

「で、お前らはなんでここに来たんだ?」

『わっちはたまたま散歩の途中でミズチの嬢ちゃんに会ったからさね』

「盗賊団から押収した資料の整理が終わったので、お届けに上がりました」

リュウの質問に答えた後、ミズチがカバン玉から取り出したのは一枚の巻物だった。

「憲兵の話によると、魔術師協会の手も借りてこちらの資料を作成したようです」

開いて押収した物の内容に目を通したクトーは、軽く目を細める。

「……ふむ」

目録の内容は一見、整合性はないように見えた。

押収したものの中には珍しい食料品や貴重な宝石なども並んでおり、中身に高価である以外の共通点は見当たらない。

　しかしクトーは、目録の中にある魔導具や魔法の品に分類されるものを指でなぞった。

「気になることがありますか？」

「なぜそう思う？」

「お前が書類を二度見する時は、なんか引っかかってる時だからだよ」

　ミズチがクトーの背後から屈むように顔を近づけ、リュウも横から巻物の中身を覗き込んだ。

「魔導具か……気にしてんのは例の、メイが無くしたとかいう首輪か？」

「それもあるが、この魔導具の組み合わせは禁呪を行使するのに必要なものが揃っている」

「禁呪？」

「ああ」

　クトーは巻物を眺めて、一つずつ口にした。

「反魂の秘術、瓶の中の小人、不生不死の術などの死霊術関連の魔導具。他には土人形関連の魔導具が目立つな」

「何か問題あるのか？」

　リュウが眉をひそめると、髪を後ろに払いながらミズチがうなずいた。

「ありますね。禁呪の研究をしているとすれば、これはゆゆしき事態です」

「何でだ？」

　魔法に対する造詣があまり深くない勇者は、耳の穴に小指を突っ込みながら首をかしげる。

「これらの魔法は誰も成功させたことがないものであり、しかも害があるからですよ」

「サイファ・リッチは何回か見たことあるけどな。ありゃ不生不死だろ？」

「リッチ化というのは、厳密には人を死霊の魔物に変化させる魔法であり、失敗だ。不生不死の魔法というのは、厳密には『精神を保持したまま、魂と肉体の分化』を目指す研究だからな」

ゾンビやスケルトンなどの魂のない魔物との一番の差はそこである。

本来の不生不死は、魂を別の器に移して永遠に保存し、精神のみを肉体と繋いだ上で『肉体の時を止める』ことで不死性を獲得するのだ。

それは成功していない。

「あー、要は失敗確定で危険だから禁呪なんだな？」

リュウは深い理解を早々に放棄したようで、簡単に話をまとめた。

「んじゃ、反魂と小人は？　別に成功して問題ないだろ？」

「どちらも目的が人という存在の手に余る。小人――――『全知全能の存在』を生み出す術式が編めるのは『完全なる知恵を持つ術者』だけだ」

「また『長い時をかけて学習する』小人は作れますが、その果てに『完全なる知恵を持つ小人』に至る可能性はない、ということが既に立証されています」

「……どういう意味だ？」

「完全なる小人に至るまでに、小人が狂うことが何度かの実験で分かった。体も動かせない狭い場所で、知識だけを詰め込む生活。どの小人も保《も》ったのは十数年だったと聞いた」

そうした倫理問題に加え、小人一人を生かし続けるのは国を傾けるほど莫大な金がかかる。

小人を育てるくらいならば、その分真理探究する方が効率もいいのだ。

「最後の反魂に関しては、非常に単純な理由でそもそも不可能だと言える」

「どんな理由だ？」

「魂は天脈と龍脈に還り、転生するものだからだ」

世界は巨大な力の流れによって形作られており、それを『天地の気』と呼ぶ。

魔法やスキルの源となる力だが、魂はこの力の塊なのだ。

死ねば七魂八魄に分解されて気脈に還り、新たに生まれる生命の源になる。

クトーがミズチに行使した死者蘇生の術式は、『肉体が死んだ直後』で『魂が完全に残っている』状態だからこそ行使可能だったのである。

「一度失われて別の形になってしまったものを呼び戻すことは不可能だ。ゆえに完全な反魂の術は存在しないが……条件次第では例外が二つ……いや、三つある」

一つ目は、英傑などが死んだ時、その強靱な意志と力によって魂となった己を保持しておくこと。

二つ目は、呼び戻したい魂の記憶を別の形で『再現する』こと。

三つ目は、肉体が死んだ時に魂を完全な形で保存しておくこと。

「この三つ目については、トゥス翁と出会ったから存在すると知った方法だがな」

「へぇ。爺さん、あんた何者だ？」

『ヒヒヒ。ちっとばかしお前さんらより長く生きてるだけの仙人さね』

相変わらずの仙人は片目を閉じてはぐらかすが、問い詰めたところで語らないだろう。

「おかげで、バラウールを蘇生させる方法を考える時間が出来たことには感謝しかないがな」

「はん。それで、残り二つの例外は？」

「一つ目に関しては高位の治癒術師である聖女が使う『英霊召喚』の魔法だな。二つ目はこれも厳密には研究段階だが、元の魂と全く同じ形、同じ記憶を持つ魂を作り出して、蘇生、あるいは模倣した肉体に入れた場合。表面上は『復活した』ように見える」

「本人じゃねーんだろ？」

「厳密にはな。だが本人の記憶でも、こちらの認識でも『本人』であることを否定する手段はない。失われた魂を本人と呼ぶのなら偽物だが、誰もそれを知らなければ本物だ」

「ッややこしいな！」

「魔法学上では、どんな現象でも現実に成立すれば『真』と呼ぶ。瑕疵《かし》がなければ反魂の術だ。話を戻すが、これらの術からは何ができると思う？」

ミズチと目を合わせたリュウが、もはや考えるそぶりも見せずにアゴをしゃくったので軽く拳でこめかみを小突く。

「真面目に考えろ」

「分からねーもんは得意な奴が考える方が早ぇだろ」

「ゴーレムに関する術と、完全な魂を作り出す術……」

ミズチは頬に手を当てて、軽く首をかしげる。

「忘れているなら言っておくが、この件には確実に魔族が関わっている」

ヒントとして口にした言葉から、二人は気づいたようだった。

「温泉街で尻尾を掴ませなかった盗賊団がオーツに着いてから簡単に捕縛できたのは、魔族側からのある種の挑発、でしょうか」

「……なるほどな」

クトーはうなずきながらミズチに問いかける。

「押収物の中に、これらを使った研究の記録資料などは？」

「おそらくはないかと」

「では、決まりだな。その資料を盗賊団の黒幕……『行商人のサム』が持っているはずだ」

巻物を回して閉じながら、クトーは答えを口にした。

「――――そして推測が正しければサムの目的は、魔王の完全な復活、だろう」

場に沈黙が流れると、フ、と小さく息を吐く音が聞こえ、呑気な声でトゥスがつぶやく。

『嬢ちゃんたちが帰ってきたみてーだねぇ』

言われて岩場のほうを見ると、三人の少女が身を寄せ合ってワイワイと近づいてくる。

「これをお揃いの装飾品にしましょ～！」

「どんなのにするの？」

「ネックレスとか、簡単にできる……ボクも作ったことある……」

どうやらわずかの間に、彼女らはかなり距離を縮めたようで、同世代の少女とはしゃぐレヴィは薄暗い中でもはっきりと八重歯が見えるくらい笑っており、その姿はかなり新鮮だった。

「あの可愛らしさは非常にいいものだ……」

「お前って本当に、可愛ければ対象はなんでもいいんだよな……」

「女性も含め、可愛らしいものは全人類の宝だ」

それに、クトー自身は見て愛でるだけであり、誰彼構わずナンパするどこかの勇者よりはよほどマシだとも思っている。

「私もでしょうか？」

不意に後ろからもたれかかって来たミズチが耳元で問いかけてくるのに、軽くうなずいた。

「当然だろう。その麦わら帽子とワンピースもよく似合っている」

「ちょっとクトー！　ミズチさんとくっついて何してるのよ!?」

「別に何もしていないが」

こちらに気づいたレヴィがムッとした顔で声を上げたので、クトーも目を向けて答える。

意味ありげに少女に目を向けたミズチが、そっと体を離しながらつぶやく。

「ふふ……褒めていただいてありがとうございます」

「当然のことだろう」

「けっ」

横でわざとらしく吐き捨てたリュウが、すぐに顔に笑みを浮かべてボソリと言う。

「だが、この景色は守らなきゃな」

「ああ」

魔王の復活などというくだらない真似を、許すわけには行かない。

「さぁ、そろそろ爺さんを送ろうぜ。だいぶ遅くなったが、俺たちなりのやり方でな」

言いながらリュウがカバン玉からチェロを取り出した。

クトーも同様に自分のものを手に持ち、底にある針を砂地に突き刺す。

「どんな曲を弾くんですか～？」

「ここで演《や》るもんは一つしかねーよ」

メイの問いかけに、ニヤリと笑ったリュウが軽く弓を咥《くわ》えてこちらに目配せする。

「覚えておけ、レヴィ。冒険者が往《ゆ》く者を送る時は――」

クトーも弓を構えて、小さく微笑んだ。


「――『果てなき旅路』という曲を、贈るんだ」

リュウがそのまま、手首を軽く振るように跳ねるような旋律を奏で始める。

暗闇を裂くような旋律に合わせて、クトーの方は低く静かな主旋律を重ねていく。

明と陰による二重奏の後、リュウと二人で徐々に音域とペースを上げていき……目を丸くして聞いている三人の少女を前に曲を一周すると、ペースを落としたクトーはミズチに目を向けた。

彼女は、口を開いて滑らかな歌声を紡ぎ始める。

リュウが砂浜を足踏みしながら、少女たちを挑発するように目線を向けた。

するとミズチに続いてレヴィが歌い始め、ル・フェイが追従する。

レヴィのソプラノ、ル・フェイとミズチのアルトによる女声三重唱《トリオ》。

メイがそれをニコニコと眺めながら手拍子を始め、体をリズムに乗せて踊り始める。

他の三人も手を叩き始め、クトーは賑やかな葬送の音楽を奏でながら海に目を向けた。

――聞こえているか、コウン翁。

人の魂は、死ねば本来天地の内に還る。

しかしたとえ消え失せても、歩いてきた道のりは継がれ、他の人々の心にその存在は遺るのだ。

――あなたが居てくれたから、ここまで来れた。

今、ここで彼を送る自分たちが、コウンの生きてきた証そのものだ。

旅路は、どこまでも果てしなく続いていく。

たとえ死んだ後であろうとも、やがて全てが終わるその時まで道は途切れない。


――感謝している。どうか、心安らかに。

第四章　墓無きゾンビと変態博士

昨日に続き、今日もよく晴れていた。

軽く汗ばんだレヴィが目の前の巨大な門を見上げ、アゴを拭いながら問いかけてくる。

「ここが練兵高等学校？」

「そうだ」

翌日、クトーとレヴィが訪れた先はオーツの南側にある、塀に囲われた巨大な敷地だった。

正門は質素だが堅牢で、表面に防御結界の術式が刻まれている。

二人の警備兵が前に立っている他、門の上や等間隔にある見張り塔にも人の姿があった。

「あの子、よくこんなところから抜け出してリョーちゃんを探しに来れたわね」

「出かけたのは休日だったそうだからな」

普段は寮住まいのメイたちだが、オーツ内に自宅がある場合は週末に帰宅が許されているらしい。

その際に墓参りに赴いて、幼竜をさらわれたのだ。

メイは冒険者ギルドに赴いて依頼を出した後、ル・フェイの助言にしたがって五日間の練兵高等学校での授業を受けてからリュークを連れ出し、山に来たらしい。

「俺としては一週間で情報を調べ上げたル・フェイの家の使用人や、一度大人しく学校へ戻って油断させてから脱走を手助けした、あの子自身の抜け目のなさが気になるところだが……」

下手に首をつっこむとやぶ蛇になりそうな相手ではある。

ギルド並みに正確な情報を調べ上げることが可能な者たちといえば、【運び屋】や【草】と呼ばれる情報屋集団くらいしか思いつかないからだ。

ル・フェイの家は、そうした者たちと繋がりがあるのかもしれない。

「で、ここに来た理由は？」

「メイの護衛をお前に任せるためだ」

「……護衛？　どういうこと？」

「正確にはリョーちゃんだな。ワイバーンの身元を知られないために単に首輪を外して捨てただけの可能性もあるが、もし首輪やあの竜に理由がある場合は再びさらわれる危険がある」

「……その間、クトーはどうするの？」

「もう一度山に戻って周りの探索をする」

首輪を、トゥスやリュウたちの手を借りて探してみなければならないだろう。

しかし昨日の目録を見た後では、メイたちの安全に関しても無視できなくなってしまった。

彼女は今日も中で授業を受けていると聞いている。

「ちょうど、ギルド長から臨時講師とやらの依頼もあったからな。明日からは俺も参加する」

講師としての面接という名目で面会は許可されたので、こうして赴いているのだ。

貴重な人材を育成する施設は堅牢な壁に守られており、外的な面で言えば危険を心配する必要もないのだが、内部で何か起こる可能性もあった。

魔族はクサッツでも、ギルド内部にスパイを忍び込ませていたのである。

「俺が戻るまでメイから目を離さず、何かあれば連絡を入れろ。ついでにどんな講義が行われているのかを付き合って見てくるといい。おそらくはためになるはずだ」

「連絡は風の宝珠で？」

「そうだ」

彼女にはクサッツでの件があった後、使い方を教えてあった。

宝珠は厳密には、魔力によって声を運んでいるわけではなく風の〈適性〉がある者なら扱える。

門兵にダリの紹介状と共に学園長への面会を求めると、しばらく待ってから中へ通された。

そして学長室に入ったクトーは、いきなり怒鳴りつけられた。


「男だと!?　認めん認めん、娘のいるところにどこの馬の骨ともしれん男を入れるなど！」

声を上げたのは、ちょび髭で前頭部の禿げ上がった太り気味の男性だった。

「ダリめ、一体何を考えておるのだ！」

クトーはメガネのブリッジを押し上げながら、見覚えのないその男の名前と経歴を思い返す。

モーガン卿、という貴族で魔導師協会内で功績を残した……という話だったが、主体となって動いた実績はないので、おそらく立場としては出資者というところだろう。

しかしそんなモーガンに対して口を開きかけたクトーの外套を、くいくい、とレヴィが引っ張って小さな声で言った。

「……先に言っとくけど、余計なこと言わない方がいいわよ？」

「む？」

首をかしげると、レヴィは半眼でこちらを見上げながらさらに言葉を続ける。

「どーせ『上が無能だと下が苦労する典型だな』とか言おうとしたんでしょ？」

「そこまで直接的な表現をするつもりはなかったが」

「許可をもらうために来たのに、ただでさえ無能そうな相手にデカい態度取ったら、さらにヘソ曲げるとか思わないの!?」

「レヴィ。人に言う割にお前の言葉も丸聞こえだぞ」

「……あ」

見ると学長のまん丸な顔が湯気を上げそうなほど赤く染まっており、肩が震えていた。

「貴様らァッ！　こ、この私に対してよくも、よくもそんな口を！」

「俺は何も言っていないが」

どうしたものか、とクトーがモーガンを見ながら思案していると、再び学長室の扉が開く。

振り向くと、見覚えのある少女がそこに立っていた。

「ふふ……失礼いたしますね……」

「おお、ル・フェイ！　どうしたんだい？　パパに会いに来たのかい？」

態度をコロッと変えた学長に話しかけられた少女は、それを無視してこちらに頭を下げる。

「すみません……父がご迷惑を……」

どうやら、学校に通っている娘というのはル・フェイのことだったようだ。

フードを被って前髪で目の隠れた少女はふふ、と笑いながらようやくモーガンに目を向ける。

「ダメですよ、お父様……クトーさんはメイの恩人なのですから……」

「おお、そうかそうか。ル・フェイは可愛いなぁ」

モーガンは机から身を乗り出して娘の言葉にうなずいている。

全く話が嚙み合っていないように見えるが、ル・フェイは気にした様子もなく言葉を続けた。

「それにレヴィも、観察していると非常に眼福な子ですし……」

「ちょっと待って。ル・フェイ？　それってどういう」

「特にメイと百合百合してる時はたまらないですし……」

「一体何を言っ……」

「ははは、パパからしてみれば、こんな貧乳の子どもよりもル・フェイの方がよほど可愛いよ」

「────ッ!?」

「ふふ、その言い方はダメですよ、お父様……レヴィさんは、慎ましやかだから可愛いのです……」

ローブの上からでもわかるほどの膨らみを持つ少女の言葉に、クトーは心の中でうなずいていた。

彼女の言いたいことは非常によく分かるのだが……その話題は、爆裂魔法の起呪に等しい。

「こ、の、クソ親子おおおおおおおおおおおッッッッ!!」

レヴィが床を蹴ってモーガンに殴りかかろうとする……が、クトーは襟首を掴んで止めた。

「ぐぎゅ!」

「流石にそれはやめておけ」

いくら失礼でも、殴るのは問題がある。

「放しなさいよ!」

「学長はともかくル・フェイはお前を褒めている」

「どこが褒めてるのよ!?」

「可愛らしい、という言葉は世界最上の褒め言葉だろう」

ましてや今の服装は間違いなく可愛らしい。ル・フェイの言葉は、同意以外になんの感情も湧かないほどの褒め言葉だ。

「とりあえず落ち着け」

「お父様……クトーさんの臨時雇用と……レヴィの滞在、認めてくださいね……」

「な、なんだと!? だが、この二人は素性も知れん無礼な……」

「お父様……?」

前髪の間から目を光らせたル・フェイは、容赦のない言葉を口にした。

「嫌いに……なりますよ……?」

「そ、そんなッッッ!!」

まるで世界が終わるかのような絶望の表情を浮かべたモーガンは、情けない声で首を横に振る。

「み、認める！　認めるからそんなことを言わないで……！」

「大丈夫ですよ、お父様……言うこと聞いてくれる間は、嫌いになんてならないですから……」

震える手を彼女に向けて伸ばすモーガンに、ル・フェイがにっこりと笑う。

そのやり取りを眺めて少し落ち着いたらしいレヴィが、二人の顔を見比べて眉根を寄せた。

「何、この茶番……」

「娘の手のひらで転がされているな」

今までの教師が切られていたことには口を出さなかったのに、今回ここに来たのは、メイの件の礼という意味があるのだろう。

「ではお父様、これで失礼いたします……」

ル・フェイと連れ立って学長室を出ると、そこに今度は礼服の男が立っていた。

目つきの鋭い有能そうな人物だ。

「お待ちしておりました、クトー様」

「誰だ？」

「ボクの兄……副学長のネ・ブア、です……」

クトーは納得した。

ル・ソェイはおそらく、彼の差し金でこの場に現れたのだ。

彼自身が父親に言うよりも話が通りやすいと踏んでのことだろう。

「では……ボクは授業に戻りますね……」

「レヴィ、ついて行ってそのまま護衛任務に入れ」

「あ、うん」

二人が姿を消すと、クトーは改めてネ・ブアに向き直った。

「ダリさんと直接連絡を取っていたのはお前か？」

「はい。最近は色々と問題が起こっておりまして。ギルド長がその内容をクトー様にお伝えするようにと」

「聞こう」

「……高等学校の敷地内に、ゾンビが出現いたしました」

クトーがその言葉に軽く眉根を寄せると、ネ・ブアは直立不動のまま話を続ける。

「ゾンビは駆除し事態は内密に処理されていますが、侵入経路が把握出来なかったのです」

「その現場を見せてもらえるか？」

「もちろんです」

「臨時講師を引き受けた時には何も言っていなかったが？」

「もし断られた場合、情報が漏れるのは望ましくありません。結果的にお越しいただけたので、胸をなで下ろしておりますが」

クトーは軽く目を細めた。

外に漏らしたくない話だ、というのは理解できるが、逆にそこまで情報に気を使いつつも自分を指名したということになる。

「なぜそこまでひた隠しに？」

「今回の件には魔族が関わっており、リュウ様とクトー様のご両名がこの件に関して動いている……となれば、生半可な人間の手に負える案件ではない、ということは容易に想像がつきます」

ネ・ブアはクトーの疑問に淡々と答えた。

オーツで起こっている事件の軸となっているのは、禁呪の試行錯誤だろう。

学校にゾンビを出現させる目的そのものは読めないが、関わりがあるのは間違いない。

「リュウだけでなく、俺のことを知っているのは意外だが」

ル・フェイから聞いただけではないだろう、と思いつつ口にすると、彼は初めて薄く笑った。

「表で有名でないだけで、クトー様こそが【ドラゴンズ・レイド】を裏で牛耳る〝策謀の鬼神〟だという噂はいくらでも耳にいたしますから」

「俺はただのパーティーの雑用係だ。誰が吹聴しているのか知らないが、あまり噂を真に受けるものではない」

「信頼できる噂ですよ。ディオラ家とは縁戚で、仲良くさせていただいていますので」

「……コウン翁か」

言われてみれば、メイとル・フェイは仲が良いのである。

歳が近い兄の彼が同じように付き合っていても、おかしくはなかった。

「勇者の旧友にして唯一対等な人物であり、ホアン陛下の信頼も厚いと聞き及んでおります」

「困ったものだ」

師と心する者が買ってくれるのは嬉しいが、少々口が軽いのが玉に瑕な老人である。

そうして話す内にネ・ブアに案内された先は、中庭だった。

おそらくは学生などが昼休みを過ごしたりする憩いのスペースなのだろうが、今は紐がぐるりと周りに通されて塞がれている。

「どうぞ」

うながす彼に従って仕切りの中に入ると、そこに不自然に地面がめくれた跡があった。

「ここから出現したのか？」

「はい。最初に別の場所を徘徊していたのを発見したのは私で、退治後に痕跡を追って、ここに」

「ふむ」

クトーは地面に膝をつくと、アゴを指で挟んで地面を観察した。

魔力の気配や、転移魔法陣の形跡などを観察するが、やはり感じられない。

「トゥス翁。どうだ？」

『……瘴気の気配はするねぇ』

問いかけると、肩のあたりにゆらりと現れた仙人は短くそう答えた。

ネ・ブアは妹からその存在を聞いていたのか、驚いた様子も見せない。

『多分、死霊術師《ネクロマンサー》かねぇ？　最近はとんと見かけねーけどねぇ』

ヒクヒクと獣の鼻をひくつかせたトゥスは、大きく片方の目を見開いてこちらを見た。

死霊術師は古い職種《ジョブ》だ。

現在ではル・フェイが専門としているらしい人形術師《ゴーレムマスター》や、祈禱師《シャーマン》、魔物使い《モンスターテイマー》などに細分化されている。

死者との繋がりの深い死霊術師は、元々あまり世間的には好ましくは思われていない。

死霊術には占いや弱体化の魔法なども含まれるのだが、一般的には魔力を用い、ゾンビやスケルトンを操る異端の者として捉えられているからだ。

「魔族、というわけではないのか?」

『どうだろうねぇ。微妙に混じってる感じはあるさね』

「追えるか?」

『ヒヒヒ、不可能ではないだろうけどねぇ……ちぃとばかし居る場所は遠そうさね』

「そうか」

クトーが立ち上がると、ネ・ブアが問いかけてくる。

「どこかへ?」

「おそらく、術者はこの敷地内にはいない。今から追いに行く」

「この場所はどうしましょう?　まだ置いておきますか?」

「少なくとも犯人を捕らえるまでは残しておいて欲しいが」

そこは自分が決めることではないので、要望として伝える。

ゾンビ出現のカラクリが分かっていない以上、検証できる状態を保っていて欲しくはあった。

「分かりました。学校への出入り許可は門兵に伝えておきますが、門限は夕方五時ですので、それ以降に出入りする場合は私に連絡をしてください」

「分かった。他には？」

クトーが尋ねると、ネ・ブアは表情を変えないままこう告げた。

「女子寮は男子禁制ですので、近づかないようにお願いします」


「あ、レヴィさん～！」

ル・フェイに連れられて校庭に着くと、メイが笑顔でブンブン、と手を振ってくれた。

運動する時の服装なのか、全員が髪をまとめており同じ服装をしているようだ。

「どうしたんですか～？」

ちょうど休憩中だったのか、肩にリョーちゃんを乗せたメイが首を傾げながら近づいてくるのに、レヴィは口元を緩めた……が。

「あー、お前！」

少し離れたところから声が上がったので目を向けると、アッチェの顔が見えた。

「……何であなたがいるのよ？」

「それはこっちのセリフだ！」

レヴィが顔を歪めて応じると、ギルド支部長の息子は指を突きつけてくる。

「ここはただの冒険者が足を踏み入れていいところじゃねーぞ！」

「うっさいわね。メイの護衛として許可は貰ってるわよ！」

ズカズカと近づいてきたアッチェに、レヴィは怒鳴り返した。

こいつは初対面の時から気に食わないことを言ってきた嫌なヤツ……すなわち敵である。

「お前が!?　何でだ!?」

「あんたに関係ないでしょうが！」

「ふふ、メイを取り合う男女……美味しいシチュエーション……」

「何の話ですか～？」

ル・フェイが薄気味悪く肩を震わせる横で、メイが首をかしげる。

が、レヴィはアッチェに対して臨戦態勢に入っているのでとりあえず放っておく。

「あっち行きなさいよ！　いちいちいちいち突っかかってくんじゃないわよ！」

「関係ないことあるか！　俺は寮長だぞ！」

「だから何なのよ！　昨日から寮長寮長って、肩書きないとしゃべれもしないの!?」

「んなっ！」

レヴィの返した言葉に、アッチェの顔がこわばる。

「お、おま、お前！」

「何よ!?　ちょっと反撃喰らったら何も言い返せないわけ!?」

レヴィは腕を組みながら、怒りで顔を赤くした少年に向かって、ふふん、とアゴを上げた。

「れ、レヴィさん～……?」

おそるおそる声をかけてくるメイには目を向けず、レヴィはさらに言い募る。

口喧嘩で相手に隙を与えてやる必要もないからだ。

「ふん、寮長とやらもどーせ実力じゃなくてコネでなったんでしょ!?」

「お、前、なんか、おままごと冒険者だろうがァッ！」

「もしそうだとしても、学校の中でおままごとしてるあなたよりマシよ！」

「レヴィさん～！　落ち着いて～！」

「……売り言葉に、買い言葉……」

「お前みたいな奴にメイの護衛は務まらねーだろうが！　嘘ばっかつきやがって！」

「人の言葉の真偽もわからないのね！　それにあなたよりはよっぽどマシに出来るわよ！」

「ッ何だとこのド貧乳！」

「ドっ……!?」

「なんだ気にしてんのか!?　背丈も胸も貧しいから頭の中身も貧しいんだろうがどーせ！」

「デリカシーの欠片もないわねこの脛かじりィッ！」

「すねっ……また言いやがったな!?」

「いくらでも言ってやるわよ世間知らずの甘ったれ！　親の七光り！」

そこで、アッチェの顔色が変わる。

「テメェ……！」

怒りを顔に浮かべて相手が摑みかかってくるが、レヴィは軽く避けて背後に回り込んだ。

「え!?」

「速……！」

二人の少女が驚きの声を上げるが、この程度、今まで見てきた高ランク冒険者なら皆出来る。

「――おっそいのよッ！」

アッチェの背後に回り込んだレヴィは、体を泳がせる相手の足を引っ掛けた。

「うぉ!?」

無様に転がってこちらを見上げる少年に対し、レヴィはアゴを上げて嘲るような笑みを浮かべて目を細め、親指をビッ、と下に向けて振った。

人のムカつかせ方は、ガラの悪い連中を見てきて色々知っているのだ。

「分かった？　脛かじりのクソガキなんてこの程度なのよ！」

しかしその一言の後。

レヴィは、周りの空気が固まっているのに気がついた。

「……あれ？」

不思議に思って目を向けると、驚く生徒、敵意を向ける生徒、目を逸らす生徒が見える。

静まり返った中で、メイが瞳に涙を浮かべ、ル・フェイがワクワクしたように口元を緩めていた。

「脛かじりとか世間知らずとか～……だ、ダメですよ～」

「この学校の大半が当てはまる……ふふ、面白くなってきた……」

教師が慌てた様子で近づいてくるのを見ながら、レヴィはこめかみを掻く。


――もしかして、これやっちゃった？


『瘴気の気配はこの先に続いてるねぇ』

「ふむ……狭いが、獣道にしては枝が刈り込まれているな」

学校を出たクトーはトゥスに導かれて、コウンの墓がある山を前に首をかしげていた。

温泉街に続く山道とは逆側の道に突き出た枝は、人によって払われたような断面を見せている。

『ゾンビが通ったんじゃねーのかねぇ？』

「そういう感じでもないな。そもそも、あの程度のゾンビに道具を使わせるのは難しいだろう」

仙人はクトーの答えに、煙を吐いてニヤリと笑う。

『ま、着いてみりゃ分かることさね。そろそろ瘴気の臭いも濃くなって来たことだしねぇ』

先に進むと山の中腹あたりで急に拓け、右手にオーツの街と海が見えた。

山頂に向かう道には岩がゴロゴロ転がっていて、片側にそびえる断層に洞窟のような穴が等間隔に空いていた。

「手前の穴はいくつか土が崩れて塞がっているな。古い採掘場、か？」

『見たところそんな感じさね』

「だが、オーツに何かを採掘していた歴史はないはずだが」

そもそもこの規模の採掘場ならば、運ぶために広い道や、トロッコのレールが必要だろう。

アゴを指で挟んでしばらく考えたが、やはり思い当たらない。

「トゥス翁は何か知らないか？」

『イッシ山の小坊主にその手の話は期待するもんじゃねーよねぇ。わっちは世間知らずさね』

「そう謙遜しなくとも良いと思うが」

真実さね、と肩を竦めて、トゥスは耳の後ろをコリコリと掻いた。

『ヒヒヒ。しかし人じゃねぇなら、別の何か、が掘ってたんじゃねーかねぇ？』

「別の、か。なるほどな」

それはありそうな線だった。

魔族か他の知性を持つ者かは分からないが、そうした連中が何かを求めていた可能性はある。

「この山で産出されそうな鉱物……」

魔族が求めるもの、となれば、おそらくは禁呪に関わるもの、なのだろうが。

そこで、不意に、ヒュゥ、と山の斜面から吹き抜ける風が砂埃を巻き上げ、メガネのチェーンと外套の裾を揺らす。

土臭い風にかすかな腐臭を感じたクトーは、トゥスと目を見交わした。

「……奥へ行けば、何か知っている奴がいるかもしれんな」

『瘴気の気配も向こうに続いてるねぇ』

クトーは地面についていた旅杖を持ち上げて握り直し、腕につけた魔導具【疾風の籠手】に魔力を流し込んで効果を発動する。

「漲れ」

身体強化の魔法で軽くなった体で、なるべく音を立てないように奥へと進んだ。

ちょうど良い大きさの岩陰に身を隠しつつ進むと、奥にある洞穴の上に崖の先端が少しだけ突き出しているのが目に入る。

呼吸を整えて大岩の上に跳ねたクトーは、そこをさらに蹴って崖の上に飛び乗った。

そのまま即座に身を伏せて草の隙間から眼下を覗くと、そこに二体のゾンビが立っている。

――本命はこの下の洞穴、か。

炎の魔法でゾンビを焼き払うためにメガネのブリッジに触れたクトーだったが、魔法を発動する前に横穴の中から誰かが現れる。

「……？」

それは、土の魔力を感じるが全く人間の気配がない、桃色の髪を持つ少女だった。

スカート丈が短い、胸を強調する形の侍従服《メイド》と腰に巻くエプロン、という非常に可愛らしい服装の彼女は、ゆっくりと首を巡らせる。

『……ありゃ人間じゃねーねぇ』

トゥスのささやきはほとんど音もない小声だったが、少女はこちらに気づいて顔を上げた。隙なく整いすぎて一発で作り物だと分かる美貌。

その張り付いたような微笑みが浮かぶ口元が動いて、言葉を発する。

「不審者の声を感知しましタ。排除行動に移りまス」

鈴を転がすような、しかし語尾の不自然な声が届くと、トゥスが苦い口調で詫びを口にした。

『……やっちまったかねぇ。すまねぇ』

「いや、問題ない」

首を横に振ったクトーは、その場で身を隠すのをやめて立ち上がった。

「ルー」

姿を見せて両手を広げたまま名前を呼ぶと、目線が合った少女は、コクンと小さく首を傾げた。

「クトーさン？」

「今日も可愛らしくて大変結構なことだ。こんなところで会うとは思わなかったが」

「お褒めにあずかり光栄でス」

ルーは優雅にスカートの裾をつまみ、オーバーニーの絶対領域を見せ付けつつ頭を下げる。

そして、スカートの中身が見えるか見えないかという完璧なタイミングで手を止めた後、元の姿勢に戻った。

『なんだ、兄ちゃんの知り合いだったのかい？』

「ああ。彼女は【ドラゴンズ・レイド】のメンバーだ。ルー、ジクは？」

いつもツルんでいる三バカ同様、彼女も自らの主人に始終付き従っているのである。

主人の名前を口にすると、ルーは横穴の奥に目を向けた。

「中にいらっしゃいまス。異音を捉えたのデ、こうして警戒のために出て参りましタ」

「呼んでくれるか？」

「少々お待ちくださいませ」

ルーはなめらかな動きでゾンビに対して手を下げる仕草をすると、また穴の中に消えた。

その間に地面に飛び降りるが、二体のゾンビが襲いかかってくる気配はない。

フヨフヨとついてきたトゥスは、キセルの先で横穴を示しながら問いかけてきた。

『ありゃゴーレムかねぇ？』

「ああ。ジクという男の生み出した作品だ」

『けったいな見た目さね。人に似せるのはまだしも、人形に巨大な乳袋は無駄じゃねーかねぇ？』

「それに関しては製作者の趣味だな」

ゴーレムには複数の種類があり、その中でも大きく二つに分けられる。

ゴーレムの種類
・常駐型
手作業で作り上げ、動力が切れても外殻は残るタイプのゴーレム。

複雑な命令に従うことが可能で、魔力が供給される限り壊れるまで半永久的に駆動する。

粘土から金属まで材質は様々であり、定期的にメンテナンスが必要であり、数を作成するのに時間がかかり置き場所に困ることもある。

・生成型
魔法で作り出し、一時的に魔力が切れると元の土塊に戻るタイプのゴーレム。

基本的に単純な命令しか受け付けず、用が済めば術者の意思によって自壊する。

材質は基本的にその場にあるもので土が多く、手軽に生成可能でメンテナンス不要、荷運びなど人手が必要な時に重宝する。


「ルーは常駐型の中でも高級品の『ドール』と呼ばれるタイプであり、外見は限りなく人間に近い。そして彼女には、学習能力を備えた【思考の宝珠】と呼ばれる魔導具が内蔵されている」

作成に当たって、天才と呼ばれたジクがその才能を全力で注いでおり、人の感情を解するのみならず能力そのものもSランク冒険者に匹敵するのだ。

その為、彼女は人間ではないが【ドラゴンズ・レイド】の正式メンバーとして認めている。

少し経って戻ってきたルーは、ガリガリに痩せた白衣の青年……人形術師のジクを連れていた。

「お待たせいたしましタ」

「ヌフン、クトーちんじゃない。こんなところでどうしたのん？」

せわしなく動く上目遣いに、籠った声音の早口。

猫背の彼は頬骨と真っ黒な隈が目立つ青白い顔をしており、ニタニタと媚びたような笑みを浮かべる怪しさの塊のような人物だった。

「もしかしてボクちんを殴るゴーレムを作りにきてくれたのん？」

「そんなわけがないだろう」

いきなり不穏なことを言うジクに向かって、前に立つルーがくるりと振り向いた。

「殴られたいのですカ、マスター」

そのまま彼女は返事も待たずに一歩だけ助走をつけ、細く小さな体に似合わない俊敏な拳をジクの頬に向けて繰り出す。

「グォルブゥアァッツ!!」

捻りを加えた一撃で吹き飛んだ青年はグルグルと回転しながら宙を舞うと、後ろにいたゾンビごと壁に叩きつけられ、グシャ、と何かが潰れる音とともに動きを止めた。

ルーは何事もなかったかのようにゆっくりとお腹の前で両手を組み、元の姿勢に戻る。

『……無事かねぇ？　てか、暴走かい？』

珍しく呆気に取られているトゥスの言葉に、クトーは増した腐臭に少し眉をひそめつつ答えた。

「問題はない。ルーに与えられた最優先命令は『ジクが殴ってほしい時に殴ること』だからな」

『……兄ちゃんのパーティーにゃ、変態しかいねーのかねぇ？』

「俺以外はな」

そこでなぜか、レヴィの『あなたが一番変態なのよ！』という空耳が聞こえてきた気がしたが、特に気にはせずにルーに目を向ける。

「それにルーは、ジクを所構わず殴ること以外は非常に有能で可愛らしいドールゴーレムだ」

『むしろそれは、色々ダメなんじゃねーかねぇ？』

そんなやり取りの間に、主人であるジクは何事もなかったかのようにむくりと体を起こすと、ズルズルと足を引きずるような歩き方でこちらに戻って来た。

「ヌフン、やっぱりルーの拳は良い痛みだよねぇ……」

彼は『痛みを受けると快感を得る』という奇妙な性癖を持っている。

ジクは血みどろになった白衣を気にした様子もなく、恍惚とした満足げな表情を見せていた。

そのまま頬を拭うが、殴られたはずの頬には傷一つない。

『どういうカラクリかねぇ？』

「彼は人形術を応用して、自分の体内に二つの魔法陣を埋め込んでいる。自動発動する治癒魔法陣と『痛みはあるが損傷は軽減する』という意味の分からない防御魔法陣だ」

自分の体すら実験材料だと言う彼は、確かにトゥスの言う通り変態なのだろう。

しかしジクの変態性が人に迷惑をかけない限り、どんな人間であろうと特に問題はないのだ。

「それで、お前はなぜここにいるんだ？」

「ヌフン、最初の一週間くらいは研究室にこもってたんだけど、面白そうな物を貰ってねぇ」

入っておいでよぉ、と手招きをするジクについて行くと、横穴の中には広い空間があった。

奥では二頭身の即席ゴーレムたちが発掘作業を行なっており、手前には地面に描かれた魔法陣やら土山やらに混じって、巨大な肉塊が置かれている。

「これは？」

「魔物の死体だよぉ。生体ゴーレムを作り出すのに必要だったからねぇ」

「……ゾンビの材料は人の死体ではなかったのか」

「当たり前だよぉ。そんなことしたらクトーちんに殺されちゃうじゃない？」

「殺しはしない。せいぜい動けないようにして憲兵に引き渡すくらいだ」

「研究が出来なくなるからそれは嫌だなぁ……」

ジクはおかしげに肩を震わせ、隅に置いたテーブルから紙束を持ってこちらに来た。

「ヌフン、手に入れたのはこれだよぉ。フレッシュ・ゴーレムの作り方なんだけどねぇ……最近ボクちん、生体系ゴーレムにハマっててさぁ……」

「国法に触れないように気をつけろ」

死霊系の魔物であるゾンビや生体系ゴーレムの研究はあまり推奨されていない。

一歩間違うと『人間を作り出す』という神の禁忌に触れるため境目が難しいからだ。

「なぜ生体系のゴーレムを作ろうとしていた？」

「ヌフン。それはもちろん、ルーの魔力変換効率を上げる為だよねぇ。やっぱり生物の方が、魔力の循環っていう点に関しては適してるしさぁ」

紙束を受け取ったクトーが中身に目を通し始めると、ジクは紙束を指差した。

「勧められていい感じだったから、色々試してたんだよぉ」

記されている材料の一つである鉱物があまり普及していないものらしく、地層を調べていたらここにたどり着いたらしい。

資料に目を通し終えたクトーは、メガネのブリッジを指で押し上げた。

「この資料をジクに渡した奴は、強奪犯や盗賊団と何らかの繋がりがあるな」

紙束の中身に記されている材料の大部分が、ミズチの資料……盗品目録の中身と一致している。

「この資料をお前に与えた相手はどんな外見をしていた？」

「妙に明るい男だったかなぁ？　フードを被ってて、少し太ってた気がするよねぇ……」

「他にも色々聞きたいことがあるが、構わないか？」

ジクがうなずき、クトーは言葉を続ける。

「ゾンビが転移によって様々な場所に現れている。心当たりは？」

「ヌフン、そういえば作り終わった失敗作がしばらくするとどっかに消えてるねぇ……この生体ゴーレムの特性なのかと思ってたんだけどねぇ」

「そうか。次に、ここの鉱物は何に使うものだ？」

「ある種の【思考の宝珠】の素材、かなぁ……？　中身に必要なものがあるらしいんだけど、それが何なのかが書かれてないんだよねぇ……」

「どれだ？」

「これだよぉ」

ジクが見せた物は見たことのない魔導具だが、確かに思考の宝珠に似ている。

『へぇ、こいつは懐かしい代物だねぇ』

するど意外なことに、ジクが出した魔導具に反応したのはトゥスだった。

「知っているのか？　翁」

『大昔に、一度だけ見たことがあらぁね。こいつは中に天地の気を取り込み、巡らせるものでねぇ。永遠の命を探求する過程で作り出されたもんだと言われてる』

そこでトゥスはニヤリと笑い、言葉を続けた。

『肉体を失った魂を封じて土人形に宿す為の――【魂の台座】さね』

「魂の台座……」

『ここに書かれてねぇもんの内容としちゃ、完全な魂そのもの、その魂を想う肉親の存在、二人の想いがこもった品一つ。台座を使うのに必要なものは、それさね』

「想いのこもった品……なるほどな。この件の裏が読めた」

『今までに比べて随分と早ぇね』

「これだけ同じ手口で物事を示されれば誰でも分かると思うが」

『兄ちゃんは相変わらず自分を過小評価しすぎじゃねーかねぇ？　わっちはすぐ近くにいたが、何が起こってるのかさっぱり分かんねーけどねぇ？』

「そうか。ならばおいおい説明しよう。とりあえず、オーツに戻る。ジクとルーも来い」

「ヌフン、何でかなぁ？」

「マスターのご命令に従いまス」

ジクの問いかけに、クトーは外套の裾を翻しながら答える。

「一つは、この件に関してお前と話したいことがあるのと……」

肩越しにジクを振り返りながら、クトーは言葉の続きを口にした。

「――――とりあえず、腐臭まみれのお前を風呂に入らせて、服を着替えさせる為だ」

第五章　海の魔物と危険な読み合い

レヴィは、売店で買ったパンをかじった。

あの後すぐに昼休みになり、ル・フェイを含めた三人で校庭の隅にある木立の陰で昼食を取っているのだ。

「なんか顔が暗いわね？」

「レヴィさんがやりすぎなんですよ～！」

「……あれだけ煽って、学年総合一位に勝ったら……ものすごく感じが悪い……」

「学年総合一位、って何？」

アッチェの態度が最悪だったので別に後悔はしていないが、それでもバツの悪さを感じていたレヴィはあぐらをかいたまま話を少し逸らす。

「二年制の練兵高等学校は、定期的に試験があるんですよ～！」

「……一年目の年間総合成績が最優秀だった人間が、寮長に選ばれるの……」

「えーと……つまりあいつ凄い奴なの？」

レヴィが聞き返すと、メイは上品に弁当を食べていた手を止めてコクコクとうなずく。

「性格以外は凄いです～！」

「でも魔法・スキル専科成績の一位はボク……筆記のトップはメイ……」

それでも実習成績がトップで、他の二つも二位のアッチェが総合では一番になるらしい。

「ちなみに女子寮の寮長はル・フェイです～！」

「あ、そうなんだ……じゃ、つまりあいつは器用貧乏なのね」

「身も蓋もないです～！」

「ふふ……それに……ボクたちは実習が苦手……」

「そうなの？」

「あの、メイはどうにも他人と連携が上手く取れなくて～……それをバカにされるんです～！」

「そもそもボクは……戦闘自体が好きじゃない……」

長い耳をヘニョ、と下に向けたメイが両手の人差し指をこすり合わせる様子や、歯切れの悪いル・フェイを見て、レヴィはなぜか嬉しくなった。

最初の印象や貴族という出自、学校での立ち位置などを知るにつけて自分とは違うな、という気持ちを感じていたが、この二人も苦手なことがあり、そこに悩みもあるのだ。

お弁当のサンドイッチを食べ終えたル・フェイは目深に被ったフードの奥でクスクスと笑う。

「でもアッチェは、メイをバカにしてるんじゃないと思う……」

「バカにしてますよ～！　だって口うるさいし、イヤなこと言ってくるんですよ～!?」

「心配してるだけ……ふふ……」

「ル・フェイは何でそんなに楽しそうなのよ？」

レヴィが問いかけると、ル・フェイは前髪の奥で目を光らせてさらに笑みを深くする。

「だって……こんな美味しいシチュエーションが目の前に……」

「は？」

「感じの悪い美貌の転校生と、地面に伏した不器用で無様な寮長……二人の間で揺れる美少女……」

ほう、と頬を紅潮させながらボソボソと口にした少女は、最後に祈るように指を組み、空を見上げながらうっとりと吐き出した。

「ふふふ……たまりません……！」

「一体、何の話をしてるのよ!?」

どこか、クトーがレヴィを『可愛い』とか言って見てくる時と同じような印象をル・フェイから感じ、思わず突っ込んだ。

「もっと……くれてもいいんですよ……？」

「何をよ!?」

「こうシチュを……メイに膝枕したり、されてみたり……？　それをアッチェが目撃してみたり……」

「全然意味が分からないわよ！」

「レヴィさんがしたいならいいですよ～？」

「ちょっとメイ、何で私がしたいみたいになってるの!?」

「違うんですか～？」

「違うわよ！」

「あ、でも膝先だと痛いですかね〜？　太ももで膝枕にしますか〜？」

「そーゆー問題じゃないでしょうがあああああッ!!」

強要して来ないだけマシだったが、言っていることがクトーを二で割ったような二人である。

レヴィは軽く息を整えた後、話を戻した。

「んでもこの学校、あいつが強いなら……正直、本当に大したレベルじゃないんじゃないの？」

「ん〜、でも、アッチェも武器や魔法がなかったですからね〜」

「あ、そっか」

近接戦闘が得意であっても、格闘が得意とは限らないのだ。

拳闘士《ファイター》のギドラと魔導戦士《ブラックウォリア》のクトーが素手同士で戦えば、多分ギドラが勝つだろう。

「それに彼はメイと同じ竜騎士志望……連携戦闘が一番得意……」

「え？　あいつドラゴンに乗れるの？」

「メイみたいに相棒はまだいないですけどね〜！　ね、リョーちゃん」

「きゅい！」

「……普通は、入隊してからの研修期間で相棒を選ぶ……メイが特殊……」

修練科目で、引退した穏やかなワイバーンを使って乗る練習するのだそうだ。

「ふ〜ん……って、竜騎士は連携戦闘が一番得意なら、あなた竜騎士向いてないじゃないの」

レヴィがどこか得意そうなメイに対して指摘すると、彼女はうぐっ！　と言葉を詰まらせた。

「むむ、向いてますよ～！　リョーちゃんとなら連携出来ます～！」

「それ、部隊連携とは関係ないやつ……」

「うぅ……」

「でも、さすが【ドラゴンズ・レイド】……アッチェの不意打ちに対応できたのは、凄い……」

「で、ですよね～！」

どう考えても、ル・フェイに乗ってメイが話題を逸らそうとしているが、別にそこまで大きくする話でもないので流れるままに流しておいた。

「ていうか私、弱いわよ？　冒険者になってからもまだ一年経たないくらいだし、クトーにレイドに誘われたのも何日か前だもの」

「「……え？」」

レヴィが本当のことを伝えると、二人は目を見合わせた。

「一年であの強さなんですか～!?」

「十分すぎるくらい規格外な気が……」

「でも私、Ｆランクだし。Ｂランクドラゴンにも勝てなかったし」

「それはそうだと思いますけど、そういう問題じゃないです～！」

「……ていうか、Ｂランクドラゴンって……一人で戦ったの……？」

「そうだけど？」

動きはどうにか追えたしほんの少しくらいは傷つけたが、それだけだ。

「よく生きてましたね～!?」

「最後はクトーが助けてくれたし。両腕、真っ黒になるまで焼かれたけど」

「あっさり言ってるけど、一大事では……？」

「それもクトーが治してくれたし。別に治ったんだから良いじゃない」

レヴィの返事に二人がなぜか顔を引きつらせたところで、また唐突に怒鳴り声が割り込んできた。

「おい、そこのド貧乳！」

「――――!?」

聞いた瞬間にレヴィがそちらをギッ！　と睨みつけると、案の定アッチェが立っていた。

倒れた時に擦りむいたのか、頬にガーゼを当てている。

「誰に向かって口利いてんのよこの雑魚！」

「ザッ……!?　俺はりょ……」

「寮長だぞ、でしょ!?　そーゆーとこが雑魚いって言ってんでしょうが！　肩書きの腰巾着！」

「こ、この……！　貧すれば鈍すってのは本当だなッ!?　金だけじゃなくて、胸がねー奴からも淑《しと》やかさってものが消え失せるんだな！」

「そっくりそのまま返してやるわよ！　あなたなんか頭の中身がお粗末だから態度が貧相じゃないの！　鏡見てきなさいよ！」

　一つ言われたら三倍返し……体に叩き込まれた荒くれの口喧嘩根性でアッチェとやり合うと、どんどん相手の顔が真っ赤になっていく。

向こうと一緒にいた友人らしき生徒たちも、どうしたら良いか分からない様子を見せていた。

「アッチェ、なんか、レヴィさんにはケンカ売らない方がいい気がしますよ～？」

「ふふ……あの子、頭に血が上りすぎて聞こえてないね……」

「本ッッッ当に品性のカケラもねーなテメェはァ！」

「品性がないのはあなたの方でしょうがッ！　いちいちケンカ売ってくるんじゃないわよ、口だけ野郎！　何も用がないなら消えなさいよ！」

「用があるからわざわざ話しかけたんだろうが！　あんなの俺の負けじゃねぇ！　再戦だ！」

「往生際が悪いわね！　何よ、ここでやるの!?」

「明後日の昼から定例の模擬戦がある！　そこで決着だ！」

ビシッと指を突きつけてきたアッチェに、レヴィは眉をひそめた。

「ふ～ん……一人で勝てないから仲間の力を借りようってこと？」

「違う！　武器や魔法をこんなところで使って本気でケンカしたら、下手すると死ぬだろ！」

「……ちょっと自信過剰すぎるんじゃないの？　一発で倒れたくせに」

「ぐっ……そ、それでもだッ！」

どうやらアッチェは本気で言っているらしい。

こちらに勝てる、という意味ではなく、お互いに致命的なケガを負うのがダメだ、と言う意味で。

実力は見せたいけど、ただのケンカで武器を持ち出すのは何か違う。

でも武器や魔法なしでは勝てないし、自分も納得がいかない、という話だ。

ぶっちゃけただのワガママでしかないものの、レヴィはそんなアッチェが、近接攻撃が当たらないのに言われるまで投げナイフを使わなかった自分とちょっと似てる気がした。

「……まぁ、別に良いわよ。でも、そんなの教師が許すの？」

「ふふ、大丈夫……模擬戦の教師は、お兄様だから……」

「ル・フェイの？」

「ええ、だからボクたちのチームに入れば良い……言っておくから……」

レヴィはル・フェイからアッチェに目を戻し、膝の上に腕を立てて頬杖をつく。

「今回は乗るけど、負けたら二度と絡んでこないでよね」

「よし！　なら、俺が勝ったら……」

「何にもあるわけないでしょ！　お願い聞いてあげてるのに図々しいのよ！」

アッチェの言葉を遮ると、メイがプッと吹き出した。

「なな、何笑ってんだよ⁉」

「だって、あはは！　アッチェがそんな風にやり込められてるの初めて見た～！」

楽しそうに笑うメイに鼻白んだのか、少年は唐突にクルッと背を向ける。

「もう用は済んだ！　行くぞ！」

連れの生徒たちに声をかけて、現れた時と同様にアッチェはさっさと立ち去った。

「いきなりどうしたのかしら？」

「どうしたんでしょうね～？」

メイと目を見交わして首をかしげていると、横でル・フェイが楽しそうにつぶやいた。

「……多分、メイの笑顔を見て照れましたね……ふふ……ウブで良いですねぇ……」


その日の夕刻。

オーツに戻ったクトーはジクを風呂に入らせ、トゥスにレヴィへの伝言を頼んで送り出した。

その間に段取りを整えてからギルドへ向かうと、ミズチの準備した会議室に通される。

「全員、揃っているな」

「あのぉ～、なんで私はここに連れてこられたんでしょうかぁ～？」

クトーがレイドの面々を見回して声をかけると、イスに座ったサピーがおずおずと手を上げた。

「お前に話さなければならないことがあるからだ。隠しておけない事情が出来た」

その言葉にミズチが目を伏せ、サピーが不安そうな表情を浮かべる。

しかし、告げなければならなかった。

「お前の父は約一ヶ月前に、命を落とした」

「……え？」

クトーは、バラウールの身に起こったことを……魔物化した理由がサピーの病気であることだけは伏せて……自分が手にかけたことを伝える。

聞き終えたサピーはじわりと目尻に涙を浮かべた。

「……そうだったんですかぁ～……」

冒険者の父を持てば、ある程度は覚悟していただろう。

それでも悲しみを感じさせてしまったのは申し訳なく思うが、順を追わなければ理由を話せなかったのだ。


「だがこの話には続きがある。――あいつを生き返らせる目処がついた」


その言葉に、レイドのメンバーを含む全員の空気が凍った。

「……おい、クトー」

耳を小指でほじりながら、リュウが真剣な口調で言う。

「生き返らせるだと？　何する気だ、お前」

「順に説明する。少し黙って聞け」

全員がピリついた理由は、人間の蘇生を試みるのはどこの国でも死刑にあたる禁忌だからだ。

クトー自身も法に触れる行為を良しとしているわけではない。

「バラウールを呼び戻す方法は、厳密には蘇生ではない。そもそも反魂が禁じられている理由は、壊滅的な被害をもたらす可能性があるからだ」

実際に、反魂・復活の魔法を研究開発させたことを想起させる伝説が過去にある。

病死した愛人を蘇らせようと、王が魔導師らに命じ、それは一見成功したように見えたらしい。

しかし、生き返った女性の中に宿っていたのはかつての魔王であり、不老不死の彼女は王を思うままに操り、人の世を混乱に陥れたのである。

それが、リュウの前に存在した勇者……先代勇者と魔王の伝説だった。

「だが俺が今回試みるのは、完全な状態で現存する魂に土人形の体を与える方法だ」

「……意味が分からねぇ」

「ジクと会い、強奪犯の倉庫から消えていたと思われる資料を発見した。王都で売られたらしい」

「ヌフン。そうだよぉ」

「そこには、【魂の台座】というゴーレム核に関する情報があった。核になる者の魂と、故人に関わる物品があれば、ゴーレムに人の魂を宿すことが出来る。これは、法に触れない」

「何でだ？」

「この方法は人の魂を呼び戻す訳でも、肉体ごと蘇らせる訳でもない。前例がないから、規制する法そのものがない。成功したらこちらから働きかける必要はあるかもしれないがな」

少なくとも現状違法ではなく、しかもバラウールを蘇らせることが出来るのだ。

クトーは、普段はほんわかとしている彼の愛娘に目を向けた。

「サピー。色々な話を一気に話すことになってしまい、感情の整理が追いつかないと思うが」

「はい〜……」

「用意して欲しい物がある。お前の父親を殺した男の言葉だが聞いてもらえないだろうか」

「それは、どうせ私を預けた時みたいに、今度もお父さんが無茶言ったんでしょう～？　私は何を用意したらいいんですかぁ～？」

サピーが目尻を拭いながら微笑み、クトーは彼女の強さと気遣いに小さな笑みを返す。

「……感謝する。必要なのは『バラウールとお前自身の想いが籠った品』だ」

「分かりましたぁ～。何か探しておきますねぇ～」

「ああ。この蘇生は必ず成功させる。――――他に誰か、質問はあるか？」

「そもそも、その完全な状態の魂とかいうのはどうやって手に入れたんだ？」

リュウの問いかけに、クトーは答えた。

「トゥス翁が、バラウールを倒した時に仙術によって魂を魔導具に封じてくれた。いずれ蘇らせる方法を探す、とレヴィに約束していたんだが、思った以上に早く目処が立った」

「でもここまで来ると、何らかの作為を感じますね」

ミズチが思慮深く口にした言葉に、クトーは同意を示す。

「ああ。バラウールの件、デストロの件。そして、今回手に入った技術に関する件」

さらにジクがこの資料を手にした時期が、ちょうどクトーが温泉街についた頃であることなど。

「この一連の件は、誰かが俺か、もしくはレイド全体を相手取って仕組んだものだ」

偶然にしては重なりすぎているのである。

特に【魂の台座】の情報は、こちらを釣るためのエサだとしか思えない状況で出てきたのだ。

するとヴルム、ギドラ、ズメイが順番に口を開いた。

「よくわかんないすけど、なんかダリィことが起こってんすね？」

「そうだな」

「で、あえてクトーさんはそれに乗る、ってことっすか」

「そうだ」

「理由はなんなんスか？」

「魔王の復活がブラフでなければ阻止し、バラウールを蘇らせる完全な技術を手にするためだ。資料には不備がある……相手はその情報をこちらに漏らしてくるはずだ。そこを攻める」

最後に、リュウがニヤリと笑いながらアゴを撫でた。

「つまり、俺らに仕掛けてきたバカを逆にハメ返すってことか」

「その通りだ。今回の黒幕は、行商人サム。どんな目的があるのかは知らないが……」

クトーは軽く目を細めて、

「――――仕掛けてくるのなら、叩き返すのが俺たちの礼儀だろう？」

「彼はどう出るかなぁ」

星空の下、オーツを一望できる、坑道近くにある崖の上。

ポツポツと光を灯す街並みを見下ろしながら楽しそうな声を発したのは、小太りの中年だった。

「ねぇ、エイト。クトー・オロチは今、すごく欲しいと思うんだよね～、これ」

先日高級旅館で目にした銀髪の男を思い出しながら、ニコニコと【魂の台座】を掲げた行商人……サムは、背後に控えている人物に問いかける。

「おそらくは乗ってくるでしょう。それに関する資料も上手く向こうの手に渡ったようですし」

「だよね～！」

クサッツで大地主の護衛を務めていた男、エイトの返答に、どこか子どものような口調で目を輝かせたサムは、手にした魔導具をしまって赤く短い革帯のようなものを取り出した。

誘拐した幼竜から取り上げた、首輪である。

「なら、次の仕掛けの準備をしなくちゃね。次の舞台は、練兵高等学校だ」

『リューク……』

サムが軽く首輪を振ると、リィン、と高音が空気を震わせ、広がりながら声に変化していく。

『リューク……』

『リューク……』

それは、しわがれた老人の声。

何度も何度も首輪を振るたびに、その声が街の方に向かって響く。

するとやがて、バサリ、と重い羽音が聞こえた。

闇の中に小さな点が現れ、みるみるうちに巨大な緑のワイバーンの輪郭に変化する。

「アハハ！」

飛んできたリュークに対してサムは満足そうに笑うと、首輪がそれまでとは別の反応を見せた。

まるで警告するように、ぼんやりと青く明滅したのだ。

「おっと、ダメだよ。君の出番はまだもう少し先だからね」

商人が軽く首輪を握ると、反応が収まる。

そうして、飛んでくるワイバーンに逆の手のひらを向けながら、サムは冷たく目を細めた。

「さ、クトー　オロチ……死んだ仲間の魂と、今の仲間の命、君はどっちを取るかな？」

「学校って面倒臭いのねぇ……夜に外に出るのもいちいち許可がいるなんて」

レヴィは、背を振り返りながらそう口にした。

食事や入浴を終えて間借りした空き部屋でメイたちとくつろいでいた時に、トゥスが『クトーが来た』と告げたので出ようとしたら、寮母に止められたのだ。

「まだ任命されていないと言っても、一応軍属ですから〜！」

「それ以前に、そもそも学生……」

「窮屈じゃないの？」

レヴィの単純な疑問に、ヒヒヒ、と笑いながらトゥスが姿を見せる。

『そもそも人が暮らしてるトコってぇのは、しがらみが多いもんさね。わっちから見りゃ、お前さんや兄ちゃんも十分に窮屈な暮らしをしてるよねぇ』

「それはあなたが自由過ぎるだけでしょ！　で、クトーはどこにいるのよ？」

『あっちさね』

レヴィが唇を尖らせて仙人を睨《にら》むと、アッチェとやり合った演習場の方をキセルの先で示す。

「多分……客員教師用の寮……」

「ご案内しますね〜！」

元気よく進むメイの背中を追いながら、ル・フェイが首をかしげてこちらに問いかけてきた。

「レヴィは……その格好でいつも寝るの……？」

「え？　そんなわけないでしょ」

レヴィは胸当てを外しただけで、ハイドラビットの装備も一応つけて武器も腰に下げている。

「じゃ、何でお風呂入ったのに着替えないんですか〜？」

寝間着姿のメイがキョトンとして問いかけてくるのに、レヴィは呆れた。

「あのね。私、一応あなたの護衛なのよ？」

「でも、ここ学校の中ですよ～？」

「私、そんな風に油断して酷い目に遭うこと多いしね……今はクトーも近くにいないし」

『ヒヒヒ。嬢ちゃんにしてはいい心がけさね』

「うっさいわね！」

程なく着いた客員寮には管理の老人がいたが、何も言わずに手元のベルをチリン、と鳴らす。

それから近くにあるドアの一つを指差したので、クトーの部屋はそこなのだろう。

「入るわよー」

声をかけながらレヴィがドアを開けるが、クトーの荷物があるだけで姿は見当たらなかった。

「あれ？　いない？」

とりあえず中に入ると、奥から音がしてクトーが姿を見せる。

「む？」

訝しげな声を上げた彼の姿に……レヴィは思わず、ポカンとしたまま見とれてしまった。

銀髪に青い瞳をした彼は、いつもと雰囲気が違ったのだ。

どんな時も綺麗に整えていた髪は前髪を下ろして水滴を滴らせており、肩に大きな布をかけて片手で頭を拭いている途中で動きを止めている。

チェーン付きの銀縁メガネも外しており、素顔があらわになっていた。

鋭い目つきと無表情は相変わらずだが、文官のような雰囲気が薄れて精悍さが際立っている。

眠る時に暗い中で見ることは何度かあったが、光で照らされた中で素顔を見るのは初めてだ。

真っ白な肌を見せる上半身は裸で、腰のあたりで着ぐるみ毛布の袖を巻いている。

撫で肩であり、服を着ると細く見えるが思った以上に筋肉質な……古い傷痕がいくつかある戦士の体だった。

「な、な、な……」

恥ずかしさを覚えると同時に顔が熱を持ち、レヴィは思わず叫んだ。


「何でそんな恰好してるのよぉおおおおおおおおお!?」


「水浴びをしていたからだが。ノックもなく部屋に入ったのはお前の方だろう」

クトーの方は特に気にした様子もなく髪を拭き上げると、左手に握っていた肌着に袖を通した。

「と、殿方の裸を、家族以外で久しぶりに見ました～……！」

「ふふ、引き締まったいい体……美味しい……」

「あなたたちも何言ってるのよ!?」

「お前は何を興奮している?」

「ししし、してないわよ！　何で私が、クトーの裸で興奮しなきゃいけないのよ!?」

「？　……何をそんなに焦っている、と聞いているんだが」

「え？　あ……」

自分の勘違いに気づいたレヴィは、火を噴きそうなほど恥ずかしくなって黙り込む。

すると、後ろで楽しそうに囁き合っていた二人の少女が問いかけてくる。

「れ、レヴィさん、興奮してたんですか～？」

「ふふ……今のは恥ずかしい……」

「ううう、うるさいわねっ！　メイも顔真っ赤じゃないのよ！」

「ふぇ～!?　そそ、そんなことないですよ～！」

振り向いて指摘すると、ブンブン、とメイが首を横に振った。

我関せずと着ぐるみ毛布を着込んだクトーが、最後にテーブルに置いていたメガネをかける。

「それはそうと、クトーさん……その服は……？」

「着ぐるみ毛布だ」

クトーが普段通り無表情で答えるのに、ル・フェイは前髪の間からキラリと片目を覗かせた。

「可愛いですね……」

「そうだろう」

「レヴィに着せたら、さらに可愛らしい気がします……」

「ああ。温泉街で白い着ぐるみ毛布を着せた」

「やはり……レヴィ、ぜひ今からそれを……」

「嫌に決まってるでしょ!?」

「ええ～!?　可愛いと思います～！　メイも着たいです～！」

「はぁ!?　……ねぇ、トゥス」

レヴィは一人の反応に頭痛を覚えて、額を二本指で押さえながらトゥスに問いかける。

『何かねぇ、嬢ちゃん』

「クシナダといいこの子たちといい、もしかして私の感性の方がおかしいのかしら……？」

レヴィの問いかけに、仙人は煙を吐きながらヒヒヒ、と笑った。

『本当にそう思い始めたら、毒されてる証拠さね』


「とりあえず座れ」

クトーは、カバン玉から取り出した瓶とグラスを手にして告げた。

車座になった少女たちに飲み物を振る舞い、ベッドに腰を下ろしてから情報を交換する。

「……ってことで、アッチェとやりあうことになったんだけど。その前になんか『水着』っていうのが必要らしいのよね。でも私持ってないのよ」

「明日の授業は水中格闘の演習なんですよ～！」

水着というのは、水中行動を容易にする水の術式を編み込んだ魔導布で出来た服のことである。

どこかレヴィが嫌そうな顔をしているのは、おそらく高いと思っているからだろう。が。

「そのことなら、既に知っている」

「へ？」

「臨時講師を引き受けたのはその授業だからな。それにお前用の水着は元々準備してある」

どちらにせよ海で遊ぶ暇があれば渡すつもりで、クサッツを出る前に材料を買って作ったのだ。

クトーがカバン玉から取り出したそれを見て、レヴィはピシィ！　と固まった。

水着の色は濃紺。

レオタードタイプのもので、もちろんレヴィの体格に合わせて縫ったものだ。

胸元には白い布が縫い付けてあり――――大きく『**れゔぃ**』と彼女の名前が書いてあった。

「ふっざけんじゃないわよおおおおおおおおッッッ!!」

硬直から脱したレヴィが突然座った姿勢から跳ね上がり、そのまま飛び蹴りを放ってくる。

それをひょい、と首を傾けて避けると、レヴィの蹴りは壁に命中して派手な音を立てた。

「いきなり何をする」

「それはこっちの言いたいことよ！　何なのよそれぇッ!!」

「水着だが？」

「こんな恥ずかしいもの、着れるわけないでしょうがぁあああああああッ！」

流石に学校正式採用の水着を仕立てている時間はなかったのでシンプルに作ったのだが、八重歯を剝き出しにして激怒の表情を浮かべているところを見ると、お気に召さなかったようだ。

もっとも、クトーが勧めたものをレヴィが素直に気に入った試しはないのだが。

「この変態！　一回かち割って頭の中入れ替えて来なさいよ！」

「……最近とみに口が悪いな」

クトーはわずかに眉をひそめてレヴィに言う。

「もう少し節度を持った振る舞いや言葉遣いを心がけたらどうだ？」

「着ぐるみ毛布着て女物の水着作ってる奴に言われたくないってのよぉおおおおおおッ！」

「む？」

他に作り手がいないのだから、それは仕方がないと思うのだが。

さらに着ぐるみ毛布に関しては裁縫の腕前と特に関係がない。

「何が気に入らない？　出来る限りお前の可愛らしさを引き立てるものを用意したつもりだが」

クトーが、どう思う？　と残りの少女たちに同意を求めてみると、メイは困ったように目を泳がせたがル・フェイはコクコクと前のめりで首を縦に振った。

「とても……とても良いと思います……！」

「そうだろう」

「何が良いのよぉおおおッ！　誰が着ると思ってるのよ、それ!?」

「お前だ。だが、水着は他にないぞ。普通の布では水を吸って重くなり訓練に支障が出る」

撥水の魔法をかけてやることも可能だが、とその魔法を使えるであろうル・フェイに目を向けるが、彼女は期待に満ちた顔をしていて助け舟を出す気はないようだった。

黙っていればレヴィの可愛らしい姿を見られるのだから当然の話かもしれない。

「そういえば、昼間アッチェをやり込めたと聞いたが」

「……それがどうしたのよ?」

「彼との勝負に負けて『水着がなかったからだ』と言い訳をしないのなら、好きにしろ」

「うぐっ……!　で、でもその水着そのものがバカにされるんじゃないの!?」

クトーはレヴィの反論に眉根を寄せた。

「では、最善を尽くさなかった結果、訓練で無様を晒すのを見られる分には構わない、と」

「ぐぐぐ……!?」

実はその二択ではないのだが、クトーは彼女に水着を突きつけて選択を迫った。

「どうする?　ちなみに着るならタダでやるぞ。魔導布で出来ているから、それなりに値は張る」

「……用が済んだら売っても良いの?」

「ああ。他の水中装備が手に入った後ならな」

レヴィは考えるそぶりを見せた後、苦渋の顔で絞り出すように言った。

「………………もらうわ」

その返事にクトーは満足してうなずくと、メガネのブリッジを押し上げながら水着を差し出した。

翌日。

晴天の下、クトーはネ・ブアと共に講義に赴いた。

一応練兵学校の近くにある砂浜の海岸だが、訓練用なので整地などはほとんどされておらず、岩なども普通に転がっている。

そこで、レヴィがアッチェと対峙しているのが見えた。

「笑ってんじゃないわよ、この七光り！」

「ハハハ、うるせーよド貧乳！　いい機会だ、明日の模擬戦より先に地面に叩き伏せてやらァ！」

「ふん、できるわけないでしょ！」

二人の言い争いは今日も元気に続いているようである。

生徒たちが着ている海軍の制服と同じ形式を踏襲している水着は、男性は上着型のラッシュガードとハーフパンツタイプ、女性は胸元から首までを覆うツーピースタイプである。

そして全員が、同じ形の足首まで巻き上げるサンダルを履いていた。

各々に海に即した自分の得物を所持しており、槍使いは銛《もり》を、剣使いはロングダガーを、魔導師は腕輪型の呪具を、といった感じだ。

そんな中、一人濃紺の水着を着たレヴィは【毒牙のダガー】を手にしていた。

通常の金属であれば錆びなどを気にするところだが、このダガーは元が魔物の牙である。刃と柄が削り出しの一体型なので、間に塩水などが入ることもない。

「士気を上げるのは構わないが、あまりに目に余るようならお前たちは見学させるぞ」

クトーがなおも言い争いを続けようとする二人を制すと、アッチェが舌打ちして黙り込んだ。

「では、講義を始める」

同行したネ・ブアが声をかけて生徒たちを集めると、ピシッと全員が整列する。

今回は総合成績で交互に分けていくようで、アッチェがAチーム、ル・フェイとメイがBチーム、と分かれた。

そして第八位までを呼んだところで、ネ・ブアを制してクトーは傍に立つレヴィに言う。

「ル・フェイ側に入れ」

「分かった。あいつ、絶っ対這いつくばらせてやるわ……！」

目を血走らせてうなずくレヴィに、クトーはため息を吐いてその頭に手を置いた。

「落ち着け。昂ぶった感情に振り回されず、パーティーの中で一番冷静であるように努めろ。結局はそれが一番、仲間の助けになるんだ」

レヴィは返事をせず、代わりに一度深呼吸をしてからメイたちの元へ向かった。

いくつかのチーム分けが終わり、最初の試合はAチーム対Bチームである。

「全員、波打ち際へ行け」

砂浜も動きにくいのだが、流れる水はたとえくるぶし丈であっても極端に動きを阻害するので、より条件が悪い。

レヴィ以外は慣れた様子で足元を確かめていた。

先端を削って丸くし、布を被せた銛を手にしたアッチェは慣れないレヴィを挑発し始めた。

「そんなへっぴり腰で大丈夫かよ？」

「あら、他人の心配している暇があるなんてずいぶん余裕ね？」

レヴィはアッチェを見ずに、手の中でクルッと鞘を被せたままのダガーを回した。

彼女はそれなりに冷静さを取り戻しているようだ、と判断したクトーは、改めて口を開く。

「水場での、五対五の模擬戦だ。倒れて水に全身を浸けた時点で速やかに戦闘から離脱しろ。今から十分間ミーティングを行って作戦を立てるように。何か質問は？」

すると、ル・フェイが手を上げる。

「それだけ、ですか……？」

「何かおかしいか？」

「他の授業では、あらかじめ定型の動き方を教えられていました～！」

「水辺での経験は何度かあるんだろう？　知識は実践で活かすことに意味がある。明日の模擬戦の前哨戦と思って、自分たちで行動を決めろ」

そうしてクトーが手を叩くと、彼らはそれぞれのチームに分かれて話し合いを始めた。

ミーティングでは、レヴィの提案に対してル・フェイが眉をひそめた。

「……それ、本当に上手く行くんですか……？」

「だって、私部外者だし。付け焼き刃で連携しても仕方ないじゃない」

「でも、それだとレヴィさん、すぐにやられちゃうかもしれませんよ～？」

「その時はその時じゃない？」

メイを含む残りの生徒たちは、頭脳派のル・フェイに任せる気のようで口を挟んでこない。

「四人はお互いをよく分かってるだろうし、普段通りにやったら？」

レヴィはアッチェに一泡吹かせられればそれで良いし、ここで負けても死ぬわけではないのだ。

どうせ自分が入って不利になっているなら、少しでも可能性のある行動を取る方が良い。

最終的にル・フェイが承諾したところで、時間が終わった。

「よし、行くわよ！」

レヴィは気合いを入れて、足に巻いた投げナイフホルダーから練習用の木製ナイフを引き抜く。

「始め！」

ネ・ブアが声を張るのと同時に、レヴィは前に向かって走り出した。

「なっ……！」

相手からざわり、と戸惑ったような気配が伝わってくる。

――いける。

ペロリと下唇を舐めたレヴィは姿勢を低くして駆け抜けながら、後方にいる生徒を狙った。

「痛っ！」

「くそ、散開！」

レヴィの投げナイフで額を打たれた生徒が声を上げ、ようやく相手が動き出す。

訓練のセオリーは補助魔法をかけるところから、というのを聞いていたのだ。

しかしそれを悠長に待ってやる、などというルールは、冒険者同士の喧嘩ではあり得ない。

「せぇ……の！」

レヴィが岩を足場に高く跳ね上がると、こちらを見上げた生徒が陽光の強さに目を細めた。

そこまで計算済みだ。

さらに二本、指の間に挟んだ投げナイフを片手で投擲して二人の額に命中させたレヴィは、最初に狙った生徒の頭を落下しながら蹴りつけた。

「ブァッ!?」

なすすべもなく仰向けに倒れこむ生徒の額を足場に、レヴィは後方宙返りを決める。

補助魔法を使う後方支援要員を強襲して真っ先に潰す……それがレヴィの提案した行動だった。

逆に今の間に補助魔法を掛け終えたメイたちは、その時点で圧倒的に有利になる。

レヴィは離脱を考えながら、着地と同時にアッチェに仕掛けていった。

「こ、の！　調子に乗るなよッ！」

アッチェはさすがに対応してきた。

銛を連続でこちらに向かって突き込み、懐に入らせないように牽制してくる。

最小限の動きでそれを躱《かわ》したレヴィは、タイミングを計って銛の先をダガーで押さえつけた。

そのまま刃を銛の柄に滑らせて前に出ると、アッチェの手首を硬い鞘で打ち据える。

「ぐっ……」

「もらったわよ！」

銛を取り落としたアッチェのアゴを、レヴィは返すダガーで狙ったが――。

――いきなり足に何かが巻きつき、海の方へ引っ張られた。

目を向けると、ぬるりとした吸盤のある黒い触腕が眼に映り、一瞬驚きで体が固まる。

「魔物……!?」

「何!?」

レヴィの上げた声にアッチェが反応すると同時に、さらに強い力で引かれた。

受け身を取りながら倒れ込むと塩辛い水が鼻に入りそうになるが、寸前で息を止める。

「……！」

耳元で轟々と空気の混じった水音が渦を巻き、視界が水の中に呑まれて暗くなる。

貝殻や小石の転がる海底を引きずられる痛みの後、ふわりと体が浮き上がった。

水中で縦に回って上下の感覚を失いかけたが、深い場所に引き込んで行こうとする触手の巻きついた痛みと水が一方向に流れていく体感覚でどうにか自分の状況を把握する。

「っ！」

レヴィは顔を歪めて苦しさに耐えながら、どうにか水の重みに逆らって体を丸めた。

水音は消えて、代わりにキィンという高い耳鳴りと頭の痛み、そして自分の血流の音がする。

レヴィはどうにか手探りでダガーの鞘を外すと、足の痛みを頼りに触手に刃を突き立てた。

――〝腐れ〟！

レヴィの意思に応じて、ダガーが紫の燐光を纏うと腐食の効果を発動した。

ビクン、と触手が震えて足に巻きつく感覚が消えたところで、上であろう方向を見ると水面と思しき光を感じ、そちらに向かって足をばたつかせる。

苦しさが遠ざかり始め、ジワリ、と視界の隅が黒く染まった。

――ヤバ……。

昔、川で溺れかけた時の感覚に似た状態に焦燥感を覚えると、再び触手に、今度は胴を掴まれる。

――ッこの……！

意識が朦朧《もうろう》としてきたところで、肩に何かが触れ……重い体の周りでブワッと風が渦巻いた。

「ッ！　ゲホッ、ゲホッ！」

いきなり息ができるようになり、鋭く吸い込みすぎたせいでレヴィが咳き込むと、少し反響したようなメイの声が聞こえる。

『だだ、大丈夫ですか～!?』

息苦しさで涙が滲む目を上げると、緑の燐光を纏う少女が手にした筒を水中に放《ほお》った。

『照らして～！』

パァ、と光が水中を照らし出し、レヴィの倍はありそうな大きさの不気味な塊がそれに驚いたのか、ごぼり、と音を立てて遠ざかる。

目に映ったのは、いくつもの触腕を蠢かせる黒い何かだった。

『ヒヒヒ。嬢ちゃん、油断したかい？　間一髪助けに来たのを、感謝して欲しいところだねぇ』

ゆらり、と姿を見せたトゥスがニヤリと笑うのに、息を整えてレヴィは言い返す。

「あんなところで魔物が出てくるって誰が予想すんのよ。それにあれ、何？」

『クラップ・クラーケンです～！　Cランクの魔物ですよぉ～！』

メイの言葉に、レヴィは『水中に生息する魔物は、対処の困難さと基本的に巨大であることから陸生のものよりも高いランクに設定される傾向がある』というクトーの講義を思い出した。

――ラージフットを水中で相手にするようなものかしら？

レヴィがそう思いながら軽く水を蹴ると、それまでよりも数倍速く体が移動する。

「え？　あれ？」

『この魔法の効果ですよ～！　本来は風の補助魔法なんですけど、水中で使うと息が出来るし速く動けるんです～！』

メイが緑の燐光を示しながら言うのに、レヴィは感心した。

魔法はさっぱり分からないが、知識や特性の応用というのはこういうものなのだろう。

生徒たちの補助魔法を掛け合ってからの戦闘、というのもその辺りに理由があったのかもしれない……確かにこの状態なら、有利に戦闘を進められるし行動範囲も広がりそうだ。

「で、どうやって倒すの、あれ。弱点とかあるのかしら?」

一応光の周りから動かないようにしているが、このままでは埒が明かない。

そう思っていたレヴィに、メイが目を丸くした。

『たた、倒すんですか～!? それより逃げた方が～!』

「追っかけてきたらどうするのよ?」

『ヒヒヒ。嬢ちゃんは相変わらず無茶さね。……上に行きな。兄ちゃんが、メイの嬢ちゃんの翼竜と一緒に待機してるからねぇ』

撤退を口にするメイとトゥスに、少し納得行かないながらもレヴィはうなずいた。

なら水面に、と言い掛けたところで、さらに異変が起こる。

ボシュウ！ と重い音がどこかから聞こえ、次いで黒い何かが水を染めて広がり始めたのだ。

『スミ……!? あれはダメです～!』

唐突にメイがレヴィの腕を掴むと、歌うように声を響かせた。

一定の高さで紡がれる彼女のロングトーンが空気を震わせると、波打つような白く清浄な光が彼女を中心に水を伝っていく。

吐き出されたスミが光に触れると、バチバチ、とお互いに打ち消しあうように弾き合う。

その気配に、レヴィはここ最近何度も触れた記憶があった。

『瘴気混じりかい。随分と厄介だねぇ』

「どういうことなの？」

『あれに触ると補助魔法が解除されちまうだろうねぇ』

メイが浮上し始めるのにレヴィも従うが、声が途切れるとスミの広がる速度が上がった。

周りに漂い始めると、確かにトゥスの言う通り少し体の周りにある風の幕が薄くなるのを感じる。

「ぷはっ！」

水面に出る直前に風魔法が解除されて息を止めていたレヴィは、頭を一度振って空を見上げる。

「クトーッ！」

「見えた。そこを動くな」

いつもの落ち着いた声が遠くから聞こえ、レヴィがそちらに目を向けると。

――クトーは幼竜の爪に両肩を掴まれて、空中で【風竜の長弓】を構えていた。


クトーは、この魔物の出現に関して疑念を覚えていた。

本来なら軍の管理している練兵の場に魔物が入り込むなど、不自然極まりない。

トゥスにも確認したが、気配は突然現れたように感じたそうだ。

――ゾンビ出現の手口と同様。

そう判断し、ネ・ブアとル・フェイの兄妹、そしてメイとトゥスだけを連れてレヴィを追った。

スミの広がり始めた海面に、二人を追って浮上してきたクラップ・クラーケンは、十本ある触腕のうち二本を少女たちに巻きつける。

だがクトーはまだ動かず、代わりに兄妹に目線を送った。

「やるぞ、ル・フェイ」

「はい……」

ネ・ブアは砂から作り出した、水面を移動する平たいゴーレムの上で妹と共に手をかざした。

「『鈍れ』」

二人が魔物に対して重ねがけしたのは、身体弱体化の魔法。

中位闇魔法であり、身体強化と違って重ねがけが可能という利点があるが、使い手は限られる。

死霊術師から派生した職種《ジョブ》に適性がある者が修練することで習得する魔法だからだ。

しかし効果は絶大で、明らかにクラップ・クラーケンの動きが鈍った。

「目覚めろ」

クトーが風の矢を解き放つと、海面を螺旋状に貫いたそれは海中にある魔物の頭を貫いた。

『――――！』

声なき悲鳴とともに少女らに巻きついた触手が緩んだところで、さらに矢を連射したクトーは、クラップ・クラーケンを串刺しにして息の根を止める。

その後、レヴィたちがネ・ブアに回収されたのを確認してから、カバン玉で死体を回収した。

そのまま岸に戻ると、待っていた生徒たちが駆け寄ってくる。

「怪我はないか？」

「ほとんどね。足首もくじいてないと思うけど」

レヴィは特に動じていないが、体には引きずられた時についたらしき擦り傷と触腕の跡が見えた。

「癒せ」

メガネに触れて彼女の傷を癒したクトーは、続いて魔物の死体を砂浜の上に出現させる。

どよめく生徒たちを前にクラップ・クラーケンの姿を確認すると予想通りのものを見つけた。

「芸のないことだ」

魔物に刻まれた服従の証にかすかに眉根を寄せたクトーは、シャラリとメガネのチェーンを鳴らしながらネ・ブアに視線を移す。

「警戒体制の見直しが必要だと思うが」

「おっしゃる通りですね。早急に原因を調査し、結界のランクを上げることを検討します」

副学長の返答に一つうなずいたクトーは、生徒同士のチーム戦を中止し、クラップ・クラーケンの生態および対処法を教授してその日の講義を終えた。

その後、着替えて学校へ帰る生徒たちの中にレヴィを見つけて、近づいていく。

「どうしたの？」

「……明日まで、決して気は抜くな」

小さくささやくと、レヴィは湿った前髪を髪留めで挟みながらチラリと目を向けてくる。

クトーは、昨夜はメイたちがいたので説明を控えていた『レイドに対して誰かが罠を仕掛けてきている』という予測を、彼女の耳に入れた。

「……明日、俺たちはおそらく街から出ていくことになるだろう。これだけ露骨に挑発していて仕掛けてこないとは考えづらい」

「それで？」

「あえて乗るが、お前は学校に残れ。こちらが思惑に気づいていることを悟られたくない」

敵の目的がレイドのみなら学校側を狙う理由はないだろう。

だがクサッツで、レイドと関わりのある者を使って仕掛けてきた、という前例もあるのだ。

「万が一に備えてもう一人学校側に割り当てるが、近くにいなければ対応が遅れる可能性もある」

クトーはポニーテールを結い直したレヴィの頭を、ぽん、と叩いた。

「その時は任せる」

「どーせ、心からそんなこと思ってるわけじゃないでしょ？　なるべく早く助けを求めるわよ」

メイたちを危険に晒すわけにはいかないし、と。

レヴィが真っ先に口にしたのは、仲良くなった少女たちを第一に考えた言葉だった。

そしてふてくされたように鼻を鳴らした後、腰に手を当てて上目遣いにこちらを睨んでくる。

「……戦力としてはアテにならなくても、仲間としては認めてくれてるんでしょ？」

「当然だ。が、アテにならないとは思っていない」

可愛らしく着飾った外見とは裏腹に、彼女の心はレイドの誰にも劣らないほどに強靭だ。

気の強さは、折れず、くじけず、へこたれない性根の裏返しなのである。

「十分に、頼りにしている」

小さく微笑みながら告げると、レヴィが視線を逸らして無言で拳を差し出してくる。

意図を汲んだクトーは、自分の右拳を軽くコツン、とそれにぶつけた。


ダリは夜更けに、練兵高等学校の男子学生寮を訪ねていた。

「何の用ですか？」

出てきた寝間着姿のアッチェが、トゲのある口調で不機嫌そうに尋ねてくる。

「少し付き合ってください。一つ、あなたに贈り物があります」

寂しさを感じながらも、ダリは手招きした。

こうしてお互いに敬語でよそよそしく話すようになったのはいつからだっただろう。

昔から忙しく、ほんの幼少の頃以外は魔王討伐の裏方作業や事後処理で忙殺されていた時期があり、気がついた時にはアッチェは大きくなっていたのだ。

「……どういうことです？」

拒否の姿勢を見せながらも、ダリが歩き始めるとアッチェはおとなしくついてきた。

向かった先は学校の厩舎……訓練のために連れてきた騎獣を繋ぐ広場だ。

アッチェはそこに繋がれた存在を見て、ポカンと口を開いた。

「は……？」

そこに繋がれていたのは、黒い地肌に赤い鱗を持つ一匹の巨大なワイバーンだった。

「特別に賢くおとなしい個体です。君に、これを贈ります」

ダリが赤いワイバーンに近づいて首筋の毛並みを撫でると、その奥に黒い紋章が刻まれている。

アッチェにそれを示すと、彼は息を呑んだ。

「それは……【服従の証】……!?」

「意識まで奪っているわけではなく、少し従順にしてあるだけですが」

「……何でいきなり、こんなドラゴンを俺に？」

疑わしそうな口調で訊いてくるアッチェに、ダリは振り向いて微笑みかける。

「ですから贈り物です。明日は模擬戦ですし、後一年で卒業でしょう。良い時期かと思いまして」

「……いりません」

「なぜです？」

「俺は、自分の実力でのし上がります。家柄や親の七光りで優遇されては意味がありません」

そっぽを向いたアッチェの口調には負けん気が滲んでいた。

「そうですか……では、仕方がありませんね」

やり口が気に入らない、と正面から批判してくる彼に、ダリは軽く息を吐いて近づきながら、自分より少しだけ背の低い息子に腕を伸ばす。

――その袖口からチラリと覗いた腕にも、【服従の証】が刻まれていた。

第六章　失われた光、蠢きだす闇

「ここが例の連中のアジトっすか」

ギドラが街外れにある巨大な洞窟の前でそう問いかけてくるのに、クトーはうなずいた。

「ああ、情報が確かならな」

昼過ぎにミズチから入ってきた情報だが『海岸線沿いの洞窟に不審な連中が出入りしている』というタレコミがあり、調べてみたところ近くでゾンビが目撃されたのだそうだ。

「ジク。お前に会った時に、一体だけ残っていたゾンビはどうした」

「ヌフン、放りっぱなしだねぇ。でもあれは命令がなかったらウロウロしないはずだよぉ」

「お前はもう少し、後始末することを考えろ。目撃されたゾンビがあの個体だったら、減俸だ」

「殴ってくれる方がいいなぁ……」

「殴られたいのですカ、マスター」

「ゴブルォアー！」

黙って控えていたルーが、即座に反応してジクを殴り飛ばすが、誰も反応しない。

ごく普段通りだからだ。

「あまり騒ぐな」

クトーはそれだけ言って、相変わらず眠そうな半眼のヴルムに目を向ける。

「どう思う？」

「あ〜……まぁ、クロじゃないすか。ダリィんで、さっさと終わらせたいすね」

首をグルリと回したヴルムは、自分の闘剣……グラディウスを引き抜いてだらりと下げた。

「ヴルムの兄貴、この後オンナと約束してんスもんね」

大楯を取り出しながら告げ口するハゲ頭のズメイに、ギドラが三本爪の籠手を嵌めながら呻《うめ》く。

「なんだと？　テメェいつの間に！」

「バラすんじゃねーよダリィな……昨日、ギドラちゃんが酒たらふく飲んで寝てる間にだよ」

クトーが仕込み杖で地面を突いてカツン、と鳴らすと、三人がピタリと口をつぐんだ。

「休暇を満喫しているようで何よりだ。早く帰りたいその事情に配慮する気は特にないが」

「マジダリィくらい横暴すね……」

「わざと引き延ばすつもりもない。つまり終わるかどうかはお前たちの働き次第、ということだ」

カバン玉から音叉型の探査用魔導具を取り出しながら告げると、殴られたダメージから復活したジクが問いかけてきた。

「ヌフ……それ使って、中にいる奴らに悟られないかなぁ？」

「これが罠なら既にバレている。であれば、事前に内部を把握しておく方が有利だ。――響け」

クトーが魔導具で杖の柄頭を叩くと、高く澄んだ音とともに魔力が周りに広がっていく。

目を閉じて洞窟内の反応に意識を向けると、魔物と人間らしきものを感知した。

それらは全て洞窟の奥、同じ場所にいるようだ。

この魔法で得られる情報は大まかなものなので、顔立ちや腕前、魔物の種類などは分からない。

クトーはゆっくりと目を開けると、魔導具をしまいながらジクに命じた。

「中に入る。念のため即席のゴーレムを一体用意してくれ」

「ヌフフ、分かったよぉ……宿れ」

ジクが指を鳴らすと、しゅるりと袖口から蛇のようなゴーレムが顔を出した。

その口に咥えた黄色い呪玉が輝くと、小岩や砂が寄り集まって二頭身ゴーレムが一体出現する。

クトーはその後に全員に身体強化魔法をかけ、光玉を掲げて洞窟に足を踏み入れた。

ぬかるむ地面の感触と、少し肌寒さと湿り気、そして淀んだ磯の香りが混ざり合った空気の中をしばらく進むと、奥にかすかな灯りが見える。

何事もなくたどり着いた先には幾つもの光源が岩肌に掲げられた、水の滴る音が響く広い空洞。

その中心には、小太りの中年男性と、その後ろに控える物静かな男が立っている。

クトーは、ニコニコと笑っている中年男性の方に見覚えがあった。

「クシナダの旅館に出入りしていたのを見た気がするな」

「ええ。サム、と申します。以後お見知り置きを」

丁寧に腰を曲げた男はすぐ頭を上げ、悪戯っぽい表情を浮かべて背後の巨大な影を見上げる。

天蓋に打ち込んだ鎖を翼や体に巻きつけられて吊られている存在に、当然クトーも気づいていた。

「……リュークか?」

「ご明察。ワイバーンの顔まで見分けるとは、さすがの記憶力ですね！」

晴れやかな笑顔でサムが軽く手を叩くと、その足元から赤黒い光が生まれる。

警戒して仲間たちがそれぞれの得物を構えるが……光の筋はサムの後方に広がってゆき、やがて浮かび上がったのは複雑な文様の魔法陣だった。

「……それが、人の魂を込めたゴーレムを生成する魔法陣か？」

「ほう、そこまで気づいておられましたか」

魔法陣の内容を読み取ったクトーが問うと、サムは感心したように何度もうなずく。

「最初は幼竜、今回はリューク。何のためにワイバーンを攫っている？」

「なるほど、その点に関してはお分かりでない……では、ご説明いたしましょう」

サムはごそりと懐を探ると、中から何かを取り出した。

「これらが何か、お分かりですか？」

「リョーちゃんの首輪だな。それと……【魂の台座】か」

「完全なる魂と器となる肉体、その魂への想いが籠った品、そして台座。この四つが必要でした。――合成獣《キメラ》を作るためにはね」

「キメラだと？」

「左様です、クトー・オロチ。本来【魂の玉座】は、古代文明人が鳥人《ハーピィ》や森人《エルフ》、竜人《ドラゴニュート》などを生み出すために作り出したものでございます」

この世界に存在する亜人として数えられるいくつかの種族の名に、クトーは目を細める。

魔法によって栄華を極め、神の領域に達したと伝わる文明がはるか過去に存在した。

かつて、魔王討伐の旅の間にそれらの遺産や遺跡を目にしたことも一度や二度ではない。

リュウの使う絆転移《バンドテレポート》の魔法も遺物の一つだ。

亜人たちが人為的に作り出された、という話は初耳だったが、であればこの一連の件は。

「魔王の復活ではなく、亜人を創造する技術の再現……それがお前の目的か？」

「いえ、そんなものはどちらも取るに足りないことですよ。もしそれらが目的であれば、あなた様に因縁のある者を私が集めた理由に説明がつかないでしょう？」

真意を読ませない、というのは交渉の常套手段だが、目の前の相手は自らそれを語りたがっていながらもったいぶっている。

「世界を覆すほどの禁忌より、俺との話が重要、とでも言いたげだが。何か恨みでも買ったか？」

「とんでもございません。バラウールのことも、デストロのことも、そしてこの現状も」

ひどく芝居掛かった仕草で両手を広げたサムは、瞳の奥に愉悦と虚無の色を宿す。

クトーはその目に、ざらり、と何かが背筋を這うような不快感を覚えた。

「全て、ただの遊びです。……それがあなたへの興味が発端であることは否定しませんがね」

人を弄ぶことが、遊びだと。

そう告げるリムへの不快感が、心の底からの嫌悪に変わる。

――――こいつは、なんだ？

考えは全く読めないが、目の前で嗤《わら》う敵が自分と相容れない存在だ、ということは理解出来た。

クトーは、メガネのブリッジを押し上げながらサムに対して敵意を向ける。

「話を戻そう。その手の中の魔導具を使ってキメラを作るとして、誰を呼び戻すつもりだ？」

ぐったりとしたまま動かないリュークと、リョーちゃんの首輪の存在から予測はつく。

しかし。

「――――コウン翁の魂は、すでに失われているはずだが」

「あはは……さすがですね、クトー・オロチ。本当に察しがいい」

サムが手にした首輪を再び軽く振ると、リィン、と音を立てた首輪から青白い光が浮かび上がって球体になる。

「あなたが親しんだ竜騎士の魂は、失われてなどいません」

「何？」

「彼は、孫に与えようとしたこの首輪に幼竜の名前を彫っている時に死んだ。本来ならば魂は散逸するはずですが、彼は高位の竜騎士です……この意味が分かりますか？」

クトーは竜騎士が持つ一つのスキルを思い出して、サムの言いたいことを察した。

「――――《竜騎の絆《ドラグーン・ソウル》》か」

高位の竜騎士のみが扱える固有スキルであり、本来は心を通わせたワイバーンとの融合や魔力の共有、人体の一時的な竜化を可能にするものだ。

　そのスキルを獲得した者は、死してなおワイバーンの中に魂を留め、騎竜の寿命が尽きるまで共に生きることができる、とも言われていた。

「竜騎士コウンは死ぬ間際に、自分の魂をワイバーンの内に沈めずこの首輪に込めたのです。その片割れの魂を使えば、コレを呼び寄せるのは容易でした」

　サムは吊り上げたリュークを親指で示し、片目を閉じる。

　リョーちゃんの首輪を奪った理由は、肉体を失った完全な魂を手に入れるためだったのだ。

「後はあなたを呼び寄せれば――遊びの準備は終わり、ということです」

　そこで、ぴちゃん、と音がした。

　リュークの尾の先から魔法陣の上に滴り落ちたのは紫の液体……竜の血液だ。

　それを受けて魔法陣が輝きを増すのを見た瞬間、クトーはざわり、と首筋の毛が逆立つような怒りを覚え、冷気に似た魔力が体から漏れ出す。

　こちらの殺気に、サムが目を三日月のように細めて嗤った。

「あはは！　あなたのそういう顔が見たかったんですよ。あのワイバーンは器であるだけでなく、生贄……すでに、瀕死です」

　手にした【魂の台座】にサムが首輪を入れると、青い魂が少し遅れて吸い込まれていく。

「あれが死んだ瞬間にこの魂を込めれば、キメラが……」

完成する、とサムが言い切る前に――――吊るされたリュークが、ギラリと目を光らせた。

「ゴ－ウァアアアッ！」

瀕死のワイバーンはいきなり首をもたげ、膨大な魔力を込めた風のブレスを吐き出す。

「――――!?」

背後からの不意打ちに、サムが全身をズタズタに引き裂かれてグラリと傾いだ。

しかし手を離れた【魂の台座】は地面に落ちず、青い燐光を纏ったままふわりと空中に浮かぶ。

「ヴルム！」

「うす」

クトーが名前を呼ぶと、剣闘士がゆらりと動く。

彼が無造作に剣を突き出すと、その先から炎の剣閃が放たれてサムの胸元を貫き一瞬にして燃え上がらせた。

あっけない最期……だが、それに構っている暇はない。

爆風を伴う炎の熱がチリチリと顔を炙《あぶ》るのを感じながら、クトーは駆け出していた。

――――死ぬな、リューク。

そう心の中で呼びかけつつ、クトーはピアシング・ニードルを抜き撃ちする。

「癒せ」

しかしそのニードルは、間に割り込んだ護衛の男……エイトの手によって叩き落とされた。

そのまま殺気を放ちながら迫ってくる敵に対して、クトーは舌打ちしながら仕込み刀を抜いて刃を振るうが、エイトはそれを籠手もつけていない腕で受ける。

返ってきた鋼のような感触……拳闘士が使う《金剛身》のスキルを発動しているのだろう。

「ギドラ、足止めしろ」

「おぉよ！」

クトーに追従していた風の拳闘士は、こちらの頭上を越えて踵落としをエイトに叩き込んだ。

敵が頭上で交差させた両腕とぶつかった蹴撃は、ゴッ！　と周りに風を巻き起こす。

煽られたメガネのチェーンがシャラシャラと鳴るのを聞きながら、クトーはその場で半円を描くように回って、エイトの脇を駆け抜けた。

目標は、ゆらゆらと魔法陣の中央へと漂っていく【魂の台座】。

あの魔法陣の起動を阻止しなければ、どちらにせよリュークはキメラと化してしまうのだ。

そこで残りの仲間たちも、それぞれに動き出した。

「ヌフン、ルー、ギドラちんを援護だよぉ」

「命令を受諾しまス」

視界の端にちらりと映ったルーは、両腕に螺旋状の固有武装……ジクがドリル・ナックルと呼ぶ武器でエイトに襲いかかり、ズメイは大楯を地面に立てる。

「〝囲え〟！」

大楯が黄色に輝くと同時に、地面から土の尖塔が生えて鳥かごのように噛み合わさり、ギドラやルーごとエイトをその中に閉じ込めた。

クトーはその間に【魂の台座】に向けて手を伸ばしたが、指先が何かにバチッと弾かれる。

魔法陣の周りに結界が形成されている、と即座に看破したクトーは自分の足元にニードルを打ち込んだ。

「……喰らえ」

針が崩れ落ちると同時に、地面から闇の顎が現れて形成された結界の一部を喰らう。

その穴に、クトーは飛び込んだ。

しかし魔法陣の中央に達しようとしていた台座にギリギリ手を届かせかけたところで……突然、腹のあたりで何かが炸裂する。

「……!?」

それが敵の一撃だ、と気づいたのは、天井近くに吹き飛ばされた後だった。

魔法陣に落ちたクトーの影から現れたエイトが、掌底を突き出した姿勢でこちらを見上げている。

「悪いが、儀式の邪魔をさせてやるわけにはいかない」

「主人の命は守らなかったのに、か？」

クトーは言い返しながら、ピアシング・ニードルを足に触れさせた。

「沈め」

そのまま自身にかけた加重魔法によって、膝落としの姿勢で頂点から一気に落下していく。

「ヌフフ、クトーちんは仲間のことになると無茶するよねぇ……鎧《よろ》え」

ジクの呪文によって、前に出てきていたゴーレムがこちらに向かって跳ね上がりながら砂の地に戻り、膝を中心にクトーの体を覆った。

迫るこちらに対してエイトは両手を腰だめに構え、掌底の形で突き出してくる。

「――――〝吹き飛べ〟」

《烈破》と呼ばれる土の気を利用した衝撃波と空中で衝突し、落下方向を変更させられる。

土の鎧に守られたまま地面を穿ち、洞窟を揺らしながら落下した。

そこで、ようやくズメイが鳥かごを解除してギドラとルーが飛び出してくる、が。

「任務完了、だ」

【魂の台座】は魔法陣の中心に達しており、リュークが苦鳴を上げた。

「……！」

だが、クトーはまだ諦めない。

サムは、リュークが器であり生贄であると言ったのだ。

つまり死なせなければ、儀式は完成しない……たとえ瀕死の状態であっても癒す手段はまだあった。

クトーはカバン玉から【真竜の偃月刀《えんげつとう》】を引き抜いて、ワイバーンに向ける。

「癒せ！」

炭と化したレヴィの両腕すらも復活させた治癒魔法だ。

しかし強力な儀式結界を貫いたその魔法は――――リューク自身によって弾かれた。

「何を……！」

クトーは、思わず目を見開いた。

治癒魔法には、魔力抵抗への対抗式が付与されていない。

治癒の力を拒否したが瀕死のワイバーンは、グルル、と喉を鳴らすと小さく笑ったように見えた。

その瞳が台座に向けられた後、徐々に光を失う。

「何、ボヤッとしてんすか」

リュークの目的が分からず固まって思考に沈んだクトーの肩を、近づいてきたヴルムが摑む。

我に返った時には、ギドラ、ズメイ、ルーがエイトの周りを囲い込んでいた。

しかしその状況に全く焦った様子を見せず、敵はリュークに向けて手のひらをかざす。

「闇に染まれ」

エイトの口から力在る言葉が発され、直後にズブリと、足元の影にその体が沈み込んだ。

「てめっ……!?」

「機は熟した」

ギドラが声を上げるのに、赤く染まった瞳から上だけを影から覗かせた男が言い、つぷん、と影の中に完全に消える。

「リューク……！」

命の灯火が消えたワイバーンの肉体に向けて魔法陣が瘴気を発し、断続的な放電を始めた。

その光と音が弾けるたびにリュークの肉が焼けて、腐れていく。

【魂の台座】は魔法陣の中央に浮かんだまま、青い輝きを放っていたが、ゆらゆらと魔法陣から湧き上がった瘴気がその魂を呑もうと近づいていった。

「クトーさん。どうするんっすか!?」

「……考えている」

ギドラの言葉に奥歯を噛み締めながら答え、台座を見つめた。

今魔法陣を破壊することは可能だが、それが魂にどんな影響をもたらすのかが、読めない。

この場にトゥスがいれば、と痛烈に思ったが、あの仙人はレヴィのそばだ。

瘴気に染まって救われない魂にするか、魂そのものの破壊という危険を押しても魔法陣を消すか。

二択に迷ったのは、わずかの間。

永遠に彷徨わせて苦しませるくらいならば、と偃月刀を握り締めた時、ジクが声を上げた。

「ヌフフ……クトーちん、ちょっと待って」

「時間がない」

「そう言わずに、よく見てよぉ。あのワイバーンの魂が降りて来てるからさぁ」

ジクが台座を指差し、次いでリュークの遺骸を示す。

改めて注視しても、クトーには何も変化があるようには見えなかったが……瘴気が【魂の台座】に到達すると、彼の指し示す様子が間接的に見えた。

瘴気から、コウンの魂を何かが守っている。

「だから待とうよぉ、クトーちん。そうすれば、少なくとも魂は輪廻に還るからさぁ」

ニタァ、といつもの笑みを浮かべたジクを見て、クトーは偃月刀を握る手から力を抜いた。

――このために、自ら命を捨てたのか。

その想いを痛烈に感じ取ったクトーは、心の中に荒れ狂う怒りの嵐を押さえつける。

理性は、確実な手段で『コウンの魂を救う』ことを選んだリュークの選択を理解していた。

だが、いつ、どんな時であろうとも、クトーは仲間の命が失われることに慣れない。

「……すまない、リューク。俺に、コウン翁の魂を救う力があれば」

「そいつは無いものねだりっすよ、クトーさん」

ギドラが吐き捨てるように言い、その横に立つズメイも呆れたように口を開く。

「クトーの兄貴は、抱え込み過ぎスよ。それ言ったら、ジブンら全員、一緒なんスから」

「そんなダリィ生き方してっから、休みとか取らされるんすよ」

「同じくマスターを持つ身として、リュークというワイバーンの選択を支持しまス」

両翼のヴルムとルーも口々に言い、武器を構えた。

「……そうだな」

それぞれに、付き合いの深い自分のことを慰めてくれているのは分かった。

【魂の台座】は黒と青の入り混じった球体に変化し、腐れ落ちたリュークの胸元に吸い込まれる。

すると遺骸を支えていた鎖が腐食して千切れた。

翼の膜を失った竜体が音を立てて落下すると、ボコボコと腐肉が盛り上がり、残った皮膚をボロ布のように垂れ下げたままの肉体に両腕を生み出す。

そのまま四つん這いになって喉を鳴らす魔物の姿を、クトーはかつて見たことがあった。

――フォールダウン・ドラゴンゾンビ。

吹き付ける腐臭と瘴気、そして飢餓を含む殺気。

「ォオオオオォオォオオォ――……！」

目尻が裂けるほど両目を見開き、何本かの牙を落としながら呪詛に似た咆哮を放ったドラゴンゾンビが、こちらに足を踏み出す……前に。

紫の光を放っていた魔法陣が闇に染まり、魔物はズブリとその中に沈み込んだ。

第七章　もう一つの戦い

「え、何あれ」

結界を張った修練場に入ったレヴィは、姿を見せた相手チームを見てポカンとした。

伏せた赤いワイバーンの上に、完全装備のアッチェが跨って無表情にこちらを見ていたのだ。

「反則じゃないの？」

チームの残り二人も気後れした様子を見せ、周りに集まった残りの生徒たちもざわついている。

「アッチェがドラゴンを持ってるのは初めて知りましたけど、規定では許されてます～！」

こちらも鎧と槍を装備したメイが自分の肩に乗っているリョーちゃんをポンポン、と叩くので、レヴィは納得いかないながらもうなずいた。

「双方、前へ！」

ネ・ブアが両手を掲げてこちらに手招きするので、レヴィたちは前に進み出た。

最優秀成績チーム同士の模擬戦は最後に行われるため、そろそろ日も傾きかけている。

「素で勝てないからって、ついにドラゴン頼りで勝とうとしてるの？」

アッチェを挑発するが、ピク、と目尻が動いただけで言葉は返ってこなかった。

「……？」

様子が変ね、と感じたが、それを考える前に審判のネ・ブアがふたたび口を開く。

「最後の模擬戦を始める。制限時間は20分、その間に決着しなければ判定だ」

その一言に、メイは兜の奥で真剣な表情を浮かべて槍と腕に嵌めた小盾を構え、ル・フェイも杖を両手で握って冷たい気配を放ち始めた。

こちらの陣形はメイともう一人の剣士、そしてレヴィのスリートップである。

人形術師であるル・フェイと回復術師《ヒーラー》の二人は後ろに控えていた。

レヴィは鞘をつけたままの【毒牙のダガー】を引き抜くと、軽く足を開いて腰を落とす。

「始め！」

「漲《みなぎ》れ！」

「鈍れ！」

号令直後、ヒーラーとル・フェイがそれぞれの陣営に身体強化と弱体化魔法をかけた。

強化魔法を受けたレヴィが左に向かって駆け出すと、同時に剣士が右に動き、メイが跳躍する。

竜騎士最大の能力は、縦軸に広い動きとその頂点への到達速度だ。

「リョーちゃん！」

「キュイ！」

メイの合図で肩の上にいた幼竜が空に飛び立ち、くるりと丸まって頭を下に向けたメイの足裏に、自分の後肢を合わせた。

そのまま、完璧なタイミングでお互いを蹴り出す。

メイは槍と小盾を構えたまま、垂直に近い角度で相手を頭上から急襲した。

相手のチームも当然、黙って見ていたわけではない。

「……行くぞ」

ル・フェイの弱体化魔法は防がれ、その間にこちらと同じ強化魔法を受けたアッチェが、ワイバーンの手綱を引いてメイを見上げた。

翼と魔力を併用して浮き上がった赤い竜は、ドン！ と空気を震わせて急上昇する。

「きゃぁ！」

槍の穂先と竜の額が衝突してメイの方が弾き飛ばされるが、すぐに急降下してきたリョーちゃんの足に掴まって体勢を立て直した。

レヴィが彼女に意識を向けていられたのは、そこまでだった。

魔導師の少年が、矢を射かけてくるのを避けながら自分も対戦相手に近づいて行く。

レヴィが体を振ってフェイントをかけ、姿勢を低くしたところで綿毛の隠蔽効果が発動した。

「消え……!?」

「ふん、甘いのよ！」

レヴィはそのまま一気に距離を詰め、鞘で相手のアゴを打ち据えながら足を引っ掛ける。

そのまま相手が後ろに倒れこむ前に襟首をつかんで、横にいた敵の少女に向かって押し付けた。

「え、あ……」

こういう荒い乱戦は初めてなのか、回復術師らしき少女はその体を思わず抱え込む。

「一緒に寝てなさい！」

少年の背中に蹴りを入れて二人とも地面に転がしたレヴィは、もう一度他の戦場に目を向けた。

頭上ではリョーちゃんに摑まったメイが、小回りの利いた動きを生かしてアッチェに対応しており、戦場の真ん中では自分側と相手側の剣士が打ち合っていた。

その二人の戦いに割り込もうとした槍を持つ魔導戦士に対して、ル・フェイが杖を構える。

「……握れ……」

生み出された土の腕がその足を握ると、少年は腕輪型媒体で振動魔法をかけた槍で破壊した。

その間にル・フェイが両手を大きく広げ、さらに魔法を発動した。

「我が意に従え……【ペンドラゴン】……！」

彼女の力在る言葉とともに、袖から無数の金属糸が吐き出される。

どこに納められていたのか、と思えるような物量の糸が宙の一点めがけて収束すると、巻き付きあって一体のゴーレム——剣を地面に立て、両手を剣の柄尻に置いた騎士の似姿を形成した。

「打ち倒せ……！」

ル・フェイが命じると、金属糸の騎士ゴーレムは地面から剣を抜いて魔導戦士に打ちかかる。

レヴィはそれに関して、昨夜話を聞いていた。

彼女の家に伝わる強力なゴーレム生成術は、操作する術者が動けなくなる弊害があるらしい。

自分側の剣士が押され始めてル・フェイに徐々に近づいていくのを見たレヴィは、木製の投げナイフを敵の剣士めがけて投擲した。

敵の剣士がナイフを避ける代わりに体勢を崩してこちら側が盛り返し、ル・フェイのゴーレムは圧倒的な強さで魔導戦士を倒しかけている。

――いける。


レヴィも駆け出して剣士たちの戦闘に参入しかけた時……頭上から、嫌な気配を感じた。

とっさに横に飛んだ瞬間、何かが吹き抜ける音とともに熱気が体を炙る。

「熱っ！」

「やめろ！」

レヴィが転がってから頭上に目を向けると、赤いワイバーンが口の端から煙を漏らしながらこちらを見下ろしており、焦った顔をしたアッチェが手綱を引いていた。

先ほどまでレヴィがいた場所が、炎のブレスによって一直線に薙《な》がれて黒く焦げている。

それを認識した瞬間、一気に口の中が干上がるのを感じた。

「ちょっと、どういうつもり!?」

今の一撃は、明らかにレヴィを殺そうとしたものだった。

だがアッチェはこちらを見ずに喉を鳴らす赤いワイバーンに必死に呼び掛けている。

「言うことを聞け！　そんなことをしろなんて命じてないぞ！」

「レヴィさん～！」

こちらの様子を見てメイが攻撃を仕掛けるのを尻尾を振るって遠ざけ、魔物は地面に降り立った。

その額……黒い鬣《たてがみ》の根元に見知った文様が浮かんでいるのを見て、レヴィは目を見開く。

「服従の証!?」

叫んだ途端、アッチェが大きく体を振った魔物の背中から振り落とされた。

「クソ……話が違うじゃねーか！」

地面を転がった少年はガバッと起き上がり、審判をしているネ・ブアに目を向ける。

おそらくは結界を解いて、模擬戦を中止するように呼びかけようとしたのだろう。

が。

「おい……嘘だろ……？」

アッチェの呆然としたつぶやきにレヴィも教師の青年に目を向け、その理由を悟る。


――無表情に立つネ・ブアの額にも、同じ文様が刻まれていたのだ。


クトーの予測が当たった。

魔族がこちらに仕掛けてきたことを悟ったレヴィは、声を張り上げる。

「全員逃げて、誰か呼んできて！　教師が乗っ取られてワイバーンが暴走したわ！」

それが合図となって、結界の外で模擬戦を見ていた生徒たちが一斉に動き出した。

さすがに兵士を育成する学校なだけあって、どれだけ危険なことか即座に理解したのだ。

「ボーッとしてないで、動きなさい！　殺されるわよ！」

動きを止めていた両チームを怒鳴りつけたところで、再び赤いワイバーンが炎のブレスを吐く。

レヴィはそれを避けて、そのまま半円を描くように走り出した。

――武器！　武器変えないと！

一応、全身を固めている装備自体はいつも使っているものだ。

ダガーから鞘を外し、木製ナイフを捨ててカバン玉の中に仕舞っていた投げナイフを引き抜く。

「せっ！」

レヴィがそのまま投げナイフを放つと、赤いワイバーンは翼でそれを叩き落とした。

その間に地面に足を滑らせて全力疾走の勢いを殺し、急角度で方向転換する。

赤いワイバーンがこちらの姿を見失ったそぶりを見せた、が……視界の端でゆらりと尾が動くのを捉えたレヴィは大きく跳躍した。

ザッ、と地面を擦る低い軌道で振るわれた尾を背面跳びの要領で避けながら、赤いワイバーンの能力の高さに戦慄する。

――フェイント!?　それに、綿毛が効かないの!?

空を飛ぶ、というのは圧倒的なアドバンテージだと、レヴィはクトーから教わっていた。

ワイバーンはBランクに分類される魔物だが、地上に降り立ってブレス攻撃がなければ、能力的にはDランク程度だという話も聞いている。

しかし赤いワイバーンの知性と攻撃速度、それに視野の広さは、温泉街で相手にしたミッシング・ドラゴンより上だ、と感じられた。

――何なのよ、コイツ！

少し焦りを覚えたレヴィだが……そこで声がかかる。

「レヴィさん～！　一回下がってください～！」

赤いワイバーンの頭上に移動したメイが、両手で抱え込むように槍を構えて落下攻撃を敢行した。

同時に足元には、騎士型ゴーレムが剣を構えて肉薄している。

「行け、【ペンドラゴン】……！」

「ド貧乳！　こっちに来い！」

レヴィが目を向けると、ル・フェイの周りに集まった生徒の前でアッチェが手を挙げている。

「ちょっと七光り！　何よ、あの服従の証は!?　それになんで暴走してるの!?」

「……俺だって分からねぇよ……！」

近づいて問いかけたレヴィに、奥歯を噛み締めた少年は小さくそう呻いた。

しかし今はそんなことを責めている場合ではないので、レヴィはそれ以上追及しなかった。

そこで、真剣な顔でアゴから汗を滴らせるル・フェイが声を上げる。

「レヴィ、ダメ……ペンドラゴンが保たない……」

言われて赤いワイバーンに目を移すと、メイは魔物の周りを跳ね回って幼竜とともに翻弄していたが、ペンドラゴンは踏みつけ攻撃を剣で受けたまま動けなくなっていた。

「ど、どうするんだ……？　俺たちでドラゴンを倒せるのか!?」

「倒せなくても、時間は稼がないといけないでしょ！」

レヴィが倒した二人と、ペンドラゴンに倒された槍の魔導戦士は気絶したままだ。

ル・フェイはもう魔力が尽きかけており、残る剣士二人は刃を落とした金属剣しか持っていない。

残るはレヴィ自身とメイ、アッチェ、そしてこちらの回復術師が一人。

「あなた、防御結界は張れる？」

回復術師がうなずいたので、レヴィは指示を出した。

「なら、この場にすぐに結界を張って。それと、七光り」

「……何だよ」

「あなたは私と一緒にアレの相手よ。人に大口叩いといて、まさかビビらないわよね？」

八重歯を剥いて挑発の笑みを浮かべると、少年は軽い舌打ちとともに穂先から鞘を引き抜く。

「当たり前だろうが！　テメェこそ足引っ張んなよド貧乳！」

「はん。誰に物言ってんのよ？」

レヴィは投げナイフをホルダーに補充し、手首にはめたラビットの綿毛の位置を直す。

ついでに胸元にポシェットの中に手を差し入れ、香り袋の中にある【風の宝珠】を起動した。

そこで、ル・フェイが呻くように言う。

「……もう、限界。メイを一度、こっちに戻して……」

無言でうなずいたレヴィは、アッチェに目配せしてからカウントダウンを始めた。

「3、2、1……行くわよ！」

レヴィが地を這うように駆け出すと、アッチェは遥か頭上に跳躍する。

その途端、ペンドラゴンがべしゃん、と潰れて金属糸の形にほどけ落ちた。

ル・フェイの方に戻っていくそれとレヴィが入れ替わる間に、アッチェもメイと交代する。

「アッチェ、目を狙いなさい！」

以前、ミッシング・ドラゴンを相手にした時に一番ダメージを与えられたのがそこだった。

視界を奪えば対処もしやすくなる。

飛んだほうが有利なはずなのになぜ飛ばないのかは分からないが……ネ・ブアの様子を見るにル・フェイと同じ方法でワイバーンを操っている可能性があった。

しかし彼を狙おうにも、その体は修練場を包む強固な結界の外だ。

「やっぱり、時間稼ぎしかないわよね……」

逃げた生徒たちが、誰か教師を呼んでくればこの場は収まるだろう。

翼を羽ばたかせて赤いワイバーンが砂埃の混じる暴風を巻き起こし、それを喰らったレヴィは砂が体に当たる痛みを感じながら足に力を込めて踏ん張る。

「……ぺッ！」

風が収まると口に入った砂を吐き出して、赤いワイバーンに投げナイフを放つ。

逆鱗を狙ったが、魔物は頭を下げて額でそれを防いだ。

「〝風よ〟！」

その無防備になった頭を狙って、アッチェが風のスキルを発動した。

螺旋を描く緑の光を槍に纏わせてレヴィの忠告通りに目を狙ったが……赤いワイバーンはさらに深く頭を下げて、代わりに尾を振り上げる。

「ガッ……!?」

迫った尾の先に腹を突かれたアッチェが、そのまま横に吹き飛んだ。


「アッチェ～！」

「だ、大丈夫だ！」

メイは、目の前に吹き飛んできたアッチェに声をかけた。

が、即座に体を起こした彼はこちらを見もせず、また赤いワイバーンに挑みかかっていく。

「メイも……！」

「ダメ。まだ、ボクたちには……出来ることがある……」

足を踏み出しかけたメイの槍の柄を、魔力を使い過ぎてへたり込んだル・フェイが掴んだ。

「歌、を……」

肩で息をしながら彼女が口にした言葉に、メイはハッとした。

「で、でもあれは～、お互いの当主の許可がないと使っちゃダメって～……」

「緊急事態……だって、あの二人が、危ない……」

メイは、唇を噛んだ。

赤いワイバーンは常識を超えて強く、メイが参戦してもジリ貧になるのは目に見えていた。

ル・フェイが目を上げるとパサリとフードが落ち、髪が風になびいて顔が現れる。


――メイによく似た、その顔立ちが。


「お願い……メイ……」

自分たちの家系は、この国が建国された頃から繋がっている。

先代勇者の魔王討伐に協力し、貴族位を賜った死霊術師と聖女の双子がメイらの祖先なのだ。

聖女は仲間の竜騎士と結ばれて表から、死霊術師の家系は時代に合わせて様々に職を変えつつ影から、それぞれに国を支える役割を果たしてきた。

その祖先である双子が使った特殊な歌魔法を、メイとル・フェイは復活させてしまったのである。

幼い頃、二人で書庫を探索した時に見つけた『聖女の手記』。

そこに記された歌詞を、家宝であるオルゴールのメロディに乗せて歌った。

使えるようになった後、二人は無邪気に家族の前で披露し……あまりにも強力過ぎるが故に誘拐を恐れたお互いの当主によって、秘匿するように命じられたのだ。

「歌うのは……まだ怖い……？」

ル・フェイの問いかけに、メイは首を横に振った。

「怖いよ～……でも、ね」

親族の前で歌った時の皆の青ざめた顔と、決して使うな、と禁じた当主たちの厳しい表情。

彼らに怒られるのが怖い気持ちが、いつの間にか歌への恐怖にすり替わっていただけだ。

アッチェやレヴィ、級友たちを見捨てるか、歌魔法を使って叱責されるか、なんて。

そもそも、天秤にかけるようなことですらないのだ。

「メイはやるよ～！　ル・フェイこそ体、大丈夫なの～？」

「いける……」

ル・フェイは微笑み、人差し指でトントンと杖を叩いてリズムを取り始めた。

メイは槍を地面に突き立てて深呼吸するとリズムに合わせて体を揺らし、合図で歌い出す。

その歌の題名は――『挑戦に祝福を、傲慢に災禍を』。

古《いにしえ》の言葉で、ル・フェイは低く、メイは高らかに歌い上げる。

味方への祝福と敵への呪縛をもたらすその曲は、長く歌うほどに範囲を広げ、効果を強めていく。

二人の体から青い輝きが波のように現れ……やがて、校庭を覆い尽くしたところで。


――歌は、その秘められた力を顕した。

「え……？」

息切れしていたレヴィは歌声を耳にした途端に、自分の体に起こった変化に驚いた。

青い輝きに体が包まれると腹の奥底から湧き上がり、力が漲ってくる。

何度も掠めた尾や羽根先の爪によって体についていた傷も、癒えはしないものの痛みが消えた。

「なに、これ？」

「メイたちの魔法だ……！」

横に着地したアッチェが、レヴィの疑問に答える。

彼は先ほど赤いワイバーンの頭突きによって兜を吹き飛ばされ、頭から血を流していた。

「魔法……？　まぁ、まだやれるなら何でもいいわ」

元々細かいことを気にする性格でもないレヴィは、顔の前でダガーの柄をギュッと握り直す。

そこで、赤いワイバーンが大きく息を吸い込み始めた。

しかし、どこか相手の動きが鈍く感じられる。

それが歌声の効果かどうかは分からないが、今なら確実に避けれる自信があった。

「行くわよ。狙われなかった方がメイン、狙われた方が牽制でいいわね？」

「……おう」

アッチェはレヴィの問いかけに、低い声でうなずく。

左右に分かれて挟み撃ちすれば、どちらかはフリーになるのだ。

「せぇ……のっ！」

炎のブレスが放たれる直前に合図を出し、レヴィは左に向けて走り出した。

が、アッチェは盾と槍を構えて風を纏うと、赤いワイバーンの真正面に跳ね上がる。

「――――何してるのよ!?」

「るせぇ！　こっちのが確実だろうが！」

アッチェが取ったのは、完全な囮の動きだったのだ。

「ッバカじゃないの!?」

確かに時間は稼げるが、どう考えても危険すぎる。

狙い通りに赤いワイバーンがアッチェに対してブレスを放つと、彼はスキルを発動した。

「〝息吹よ〟――」

少年の口から吹雪のような青い輝きが吐き出され、ワイバーンのブレスと衝突するが、その息吹は拮抗することなく押し負ける。

「ッぉ、らァアアアアアアアアアッッ！　ナメてんじゃねぇぞクソがァッ！」

それでもアッチェは吼えながらブレスを突っ切り、炎と煙の尾を引きながら真っ赤に焼けた槍の穂先を魔物の右目に突き立てた。

「グゥLuahAAAA――――――～ッッ！」

赤いワイバーンが絶叫とともに大きく仰け反り、槍ごと振り回されたアッチェが空高く舞う。

しかし、レヴィに彼を助けに行く余裕はなかった。

――死ぬんじゃないわよ!?

心の中で怒鳴りながら赤いワイバーンに肉薄したレヴィは、その足にダガーを突き立てる。

今までは表皮を裂けなかった刃が、メイたちの歌を受けたことで初めて肉を貫いた。

「――〝腐れ〟！」

【毒牙のダガー】が腐蝕の効果を発動し、ワイバーンの肉がジュウ、と焼けて腐れ落ちる。

更なる絶叫……だが、レヴィは止まらなかった。

ダガーを引き抜き、さらに走り始める。

元々、赤いワイバーンを自分たちで倒そうなんて気はさらさらないが、時間だけは少しでも長く稼がなければいけないのだ。

しかし、走り始めた直後に体を包んでいた青い輝きが消え、ガクン、と体が重くなった。

レヴィが顔を上げると、空から落ちてくる少年に向けて歌うのをやめたメイが跳んでいる。

「リョーちゃん！」

「キュイ！」

アッチェの体を受け止めた少女は、一緒に飛翔してきた幼竜に腕を伸ばして足に掴まった。

「ギュルァアッ！」

その姿を、怒り狂った赤いワイバーンが残った片目で捉える。

彼女が緩やかに防御結界の方に降りて行く間、意識を逸らさせようとレヴィは声を張り上げた。

「あなたの相手は……こっちよウスノロぉ！」

投げナイフを引き抜いて魔物の顔めがけて投擲すると、魔物は首を振ってそれを避ける。

――どうすればいい？

レヴィは魔物の意識を引きつけつつ、すぐ動けるように膝を曲げながら必死で頭を回転させた。

アッチェの捨て身の攻撃とダガーの一撃は加えたものの、どちらの傷も致命傷ではない上に、補助魔法も消えている。

何か打てる手は、と必死で記憶を手繰ったレヴィは、一つだけ手を思いついた。

――ある。あった。

上手く行くかどうかは分からないが、一番可能性があるとしたらこの手だ。

しかし実行する方法を考える前に、赤いワイバーンがグッ、と大きく身を屈め、翼を広げた。

空に飛び立つつもりかと思ったが、極限まで集中した感覚がそれは違う、と否定する。

――アレは、前に飛ぶ。

直後、赤いワイバーンが動き出した瞬間に、レヴィは大きく横に跳んで地面を転がった。

ヒュゴゥ！　と音を立てて真横を巨大な質量が通り過ぎ、砂埃が少しの間視界を覆う。

「レヴィ〜！」

赤いワイバーンが離れた隙に、アッチェを置いて来たメイが目の前に降り立って槍を構えた。

「ごめんなさい〜！」

「いいわよ。アッチェを助けられて良かったわ。……それより聞いて」

レヴィが早口で自分が思いついたことを説明すると、メイは大きく息を吸い込む。

「作戦の囮役……引き受けてくれる？」

「やりますよ～！　アッチェもやったんですから～！」

フン、と鼻息荒くやる気を見せたメイに頷きかけてから、赤いワイバーンに向き直った。

自分を鼓舞しながら、疲労の溜まった足を叱咤してレヴィは魔物から離れるように走り出す。

「行くわよ！」

メイは幼竜とともに空を駆け、赤いワイバーンの周りを飛び回った。

「良いわよ！」

再び突撃姿勢に入る魔物を見て声を上げながら、レヴィは腰のポーチに手を伸ばす。

――位置は完璧。

取り出した小瓶を手の中に握りしめて、タイミングを図った。

赤いワイバーンがドン、と地面を蹴ると同時に、メイが急上昇してそれを避ける。

直線上にいたこちらへと徐々に速度を増して迫ってくる魔物を見ながら、レヴィは斜め後ろ……ネ・ブアの立っている方向に向けて、小瓶を叩きつけた。

それはクトーから預かった魔物寄せの香水――【モンステラ・ムスク】。

小瓶が衝撃で砕けて中身が撒き散らされた瞬間、赤いワイバーンが惹かれたように首を向け……レヴィに突撃しようとしていた姿勢のまま、真横を駆け抜ける。

ゴッ！　という音とともに魔物の体が結界を突き破り、ネ・ブアの体が吹き飛ばされた。

ついでに、バキバキバキ、と貫かれた部分からひび割れが走り、やがて透明な結界が砕け散る。

そのまま、沈黙が降りた。

赤いワイバーンとネ・ブアは、気絶したようでピクリとも動かない。

「倒し……ました～？」

「そうね……」

そばに降り立ち、恐る恐る尋ねてくるメイに目を向ける。

ジッと見つめ合ううちに、彼女は徐々に頬を緩め、やがて満面の笑みを浮かべながら手を上げた。

実感がむくむくと湧いてきたレヴィもそれに応えて、腕を掲げ。


「やっ……」

「……たぁ！」


二人でパァン！　と手のひらを打ち合わせた音が、空高く響き渡った。

少し離れた場所にいる生徒たちも歓声を上げる。

そんな中。

「……すごく、良い……！」

ル・フェイが、なぜか熱っぽくこちらを見つめて自分の体を抱きしめ、身悶えていた。

第八章　策略の行方

「いくら何でも無茶し過ぎよ、七光り」

歩み寄ったレヴィは、アッチェに呆れた顔を向けた。

「なんで真正面から突っ込んだの？」

横たわったまま回復術師の治療を受けていた少年は、面白くもなさそうな様子で鼻を鳴らす。

「全身鎧着てんだから、俺が引き受けんのが当然だろうが」

そんな彼に、レヴィは小さく笑みを浮かべたが……メイは怒ったように頬を膨らませた。

「む〜！　そうやって無茶ばっかりしてたら、いつか死ぬんだからね〜!?」

「……生きてんだから良いだろ」

アッチェがバツが悪そうに目を逸らすと、意地悪な顔をしたル・フェイがさらに追撃をかける。

「どうせ『女にそんな役割は押し付けられない』とか、マッチョな思考したに決まってる……」

「ううう、うっせーな！　そんなこと考えてねーよ！」

少しうろたえた表情を浮かべたところを見ると、どうやらそれは図星らしい。

「今さらそんなカッコつけたって、最初あなた私に掴みかかってるしダサさは消えないわよ？」

「お、俺は何も言ってねーだろうが！　ド貧乳！」

「何よ七光り。どーせ強がるなら無傷で正面突破できるくらいになれば？」

「ぐっ……！」

レヴィは悔しそうな彼をつつくのをやめて、周りに目を向ける。

「それにしても、遅いわね」

レヴィが、教師どころか逃げた生徒たちも一向に現れない状況に違和感を覚えたところで、中庭の方からゆっくりと一人の人物が進み出てきた。

「お見事です」

微笑みながら軽く手を叩いたのは、この場にいることに違和感がある人物。

「……ダリさん？」

「父さんだと……！」

アッチェが痛みに顔を歪めながらも頭を上げると、メイが膝をついてその頭を支える。

「よくやりましたね、アッチェ」

ローブを纏って杖を手にしたダリは優しげな笑みを浮かべた後、足元のネ・ブアを見下ろした。

「聞いてた話と違うじゃねぇか……！」

「どういうこと？」

アッチェが噛み付くのにレヴィが問いかけると、彼はダリから目を逸らさないまま話し始める。

「……あのワイバーンはな、父さんから与えられたんだよ」

赤いワイバーンを与えられた夜。

「やめろ！」

アッチェが頭を撫でようとするダリの手を払いのけると、彼は手を下ろして真剣な表情を浮かべた。

「聞いてください、アッチェ。今回の件を解決するには君の協力が必要不可欠なのです」

「……協力？」

「ええ。この学校で前にゾンビが発生した件は知っていますか？」

「知ってますよ。ネ・ブア副学長から聞きました。口外禁止と言われましたが」

「それを企んだのが、オーツの裏で蠢く闇組織の手によるものだ、という話があります」

ダリは冗談を言っているようには見えなかったが……本当であれば大問題だ。

「……それが、このワイバーンとどういう関係が？」

「闇組織は、レヴィさんを狙っているという情報が入っています。彼女は模擬戦の時、この学校にいる……もし何か起これば、生徒が危険に晒されるでしょう」

ダリは、振り向いて赤いワイバーンを手で示す。

「この竜を与えるのは、そうした事態に備えるためです。何かが起こった時にレヴィさんと協力し、敵から生徒たちを守ってほしい」

「……教師たちは？」

ことが大きそうなのに、教師陣ではなく自分にそれを頼む理由はないだろう、と思えたのだ。

しかし父は首を横に振った。

「あまりに大規模な動きを見せれば敵に悟られます。……ワイバーンはもし事が起こり、救援が間に合わない時のための時間稼ぎです」

ダリは、アッチェに対していつもの気弱そうな顔で微笑みかけてきた。

「協力してくれませんか？　僕は、君を頼りにしているのです」

その言葉は、アッチェの胸に刺さった。

頼りにしている。

いつも何でも一人で抱え込んで、優しい気性ではあるが本心を見せない父を、アッチェは尊敬しながらも苦手だった。


――だから、嬉しかった。


父が本心を見せて、頼りにしてくれた、という事実が。

嬉しくて、でも嬉しいと思っていることを悟られたくなくて、アッチェは顔を伏せる。

「……俺は、まだ一人前でもないのに」

「でも君なら出来ると、僕は思っています」

ポン、と肩に手を置かれて、アッチェは再びそれを振り払って父に背を向けた。

「ど、どーせ認めるなら、せめて上手く行ってからにしろよ！」

「アッチェ……」

「やるよ。やりゃいいんだろ！」

早口でそう答えると、後ろでダリの安堵したような気配を感じた。

「ありがとう。お願いします」


「あれは、嘘だったのか……？」

起こったことを話すアッチェの顔は、疑心暗鬼と怒り、あるいは悲しみの間で揺れているように、レヴィには見えた。

ダリは少し困ったような笑みを浮かべながら、黙ってそれを聞いている。

「父さんが」

そこでアッチェは、唇を一度噛み締めてから言葉を続ける。

「父さん自身が、こいつらを狙う側、だったのか？」

ダリがその問いかけに対して何かを答える前に、夕日によって大きく伸びた彼の影から一人の男が浮き上がって姿を見せる。

その姿に見覚えはないが、チリ、と首の後ろが痺れるような感覚が走った。

――あいつ、ヤバい。

「エイト。あちらは上手く行きましたか？」

「ああ。こっちは失敗したのか？」

「ええ」

ダリは、手に握った杖を軽く持ち上げながら、エイトと呼ばれた男に答える。

「……僕の目論見通りに、失敗しましたとも」


「何？」

エイトがいぶかしげな声を上げると、ダリがぼそりと呟く。

「潰れろ」

同時に、ズン、とエイトを包むように円柱型に空間が歪んだ。

「ぐぉ……ッ!?」

「重力魔法……!?」

ル・フェイが声を上げた直後、男を中心に円柱の内側にある地面が徐々に陥没していく。

「じゅ、重力魔法って何!?」

「上位の時空魔法……！　死霊術よりも使い手が少ないと言われてる……」

「これでも一応、Ａランク冒険者ですから」

小さく微笑んだダリは、倒れたアッチェに目を向けて少し咎めるように息を吐く。

「それにしてもアッチェ。防御結界もなしにブレスに突っ込んでいくなど、無茶をし過ぎです」

「……どういうことだよ、父さん」

そこで、重力場の中で必死に立ち続けながらも動けないエイトが声を上げる。

「き、さま、操られていない、だと……？」

「私は少々特殊な体でしてね。以前命を落としかけた時に、パーティーメンバーであった現在のギルド総長と、人形術師のジクという男に救われたのです」

トントン、と自分の胸を叩いてから歩き出したダリは、右袖をまくった。

「ダリさん、それ……！」

腕にある文様を見てレヴィが声を上げると、彼は心配ない、と右手を上げる。

その上に軽く左手をかざして退けると、服従の証が消えた。

「フェイクです。私は、乗っ取られたフリをしていただけですから」

ダリはそのまま、レヴィたちを庇うようにエイトに向き直った。

「私の体内では、常に埋め込まれた魔法陣による浄化魔法が発動しています。瘴気による洗脳は、通じないのですよ」

「なん、だと……」

「先日、いきなりギルド長室に現れたあなたには驚きましたが……これは利用させていただこう、と思いましてね」

そこで重力魔法に押し負けたように、エイトがガクン、と膝から崩れ落ちる。

「なるほどな。――しかし、油断は大敵だ」

男が横倒しに地面に叩きつけられた、と思った直後、夕日に大きく伸びた影にその体が沈んだ。

「……警戒しなさい！」

姿を消した敵がこちらを狙うことを案じたのだろう、ダリが即座に振り向いて声を上げる。

しかし。

「ダリさん、横！」

レヴィは、そんな彼に対して逆に言い返した。

瞳を赤く染めたエイトが飛び出したのは、彼自身の影からだったのだ。

さすがの反応で大きく体を反らしたダリの眼前を、敵の掌底が突き抜けた。

「フッ！」

魔導師であるにもかかわらず、まるでクトーを彷彿とさせるような無駄のない動きでダリが杖の先端を跳ね上げてエイトのアゴを狙う。

しかし相手は余裕のある動作で避け……それ以上の戦闘は目で追えなかった。

「秒針よ、駆けろ」

ダリが、おそらくは時の上位魔法らしき呪文をつぶやいた途端、その姿がかき消えたのだ。

「ハハ……ッ！」

　エイトも凶悪な笑みとともに姿を消し、打撃を圧縮したような連弾音の後にダリが姿を見せる。

「……これは、参りましたね」

　予想以上に強い、と声に危機感を滲ませたダリは一瞬の間に全身のローブがボロボロになり、杖にヒビが入っていた。

　ネ・ブアの近くに現れたエイトは、口のはしに滲んだ紫の血を拭うと、残念そうにつぶやいた。

「惜しいな、惜しい。予想外に楽しい相手だが……あまり面白がっているわけにもいかん」

　エイトが軽く手を挙げると、中庭の方からまた誰かが修練場にフラリと入ってくる。

　それは、練兵高等学校の学長にしてル・フェイの父親である男、モーガンだった。

「お父、様……？」

「それ以上動くな。こいつの命が惜しければな」

　エイトがそう呟くと、虚ろな顔をした学長が手に握ったナイフを自分の首に押し当てた。

「ちょっと、何してるの!?」

「……傀儡《くぐつ》、ですね」

　レヴィが怒鳴ると、ダリが厳しい顔でそれに答える。

「卑怯じゃない！」

「俺は遊びに来ている訳ではないからな。……出でよ」

　エイトが大きく背筋を伸ばすと、その全身にゆらり、と瘴気が纏わりついて空気がざわめいた。

彼を中心に風が渦を巻くと、空にも急速に暗雲が立ち込めて日差しの大半を遮る。

続いて彼の足元にある影が大きく膨らむと、バチバチと雷鳴がその表面に弾け……ゆっくりと、腐った巨大なドラゴンが深淵からせり上がってきた。

邪悪な気配を纏う魔物の出現にレヴィが息を呑むと、メイが口を開く。

「……リューク？」

「え？」

知っているワイバーンとは似ても似つかない化け物を大きく目を見開いて見つめるメイは、認めたくない、とでもいうかのようにゆっくりと首を横に振る。

「メイには、分かるんです～……！　あれは、リュークです～ッ！」

「キュイ……」

悲痛な叫び声を上げるメイに、肩に乗ったリョーちゃんも悲しげな鳴き声を上げた。

「リュークぅ！」

「ダメよ！」

駆け出そうとするメイを、レヴィは腕を掴んで引き止めた。

「は、放してください～！」

「学長が殺されるわよ！」

モーガンはこの状況でも一切反応を見せずに、首にナイフを当てたままなのである。

ハッと我に返ったように体を震わせたメイがル・フェイに目を向けると、彼女は静かな目をしていたが、膝に置いた手は固くローブを握りしめていた。

「来い」

　エイトが、次に倒れた赤いワイバーンの方向に合図を出すと、すぐそばにいたネ・ブアがむくりと起き上がりエイトの元へと移動し始める。

「ネ・ブアを一体、どうするつもりですか？　人質はモーガンとリュークで十分でしょうに」

「自分を害する魔法への耐性はあっても、そうではない魔法への耐性はないようだな」

　ダリがヒビの入った杖を構えながら問うと、エイトは冷笑を浮かべた。

「どういう意味です?」

「この学園に、ネ・ブアなどという男は――――そもそも、存在していない」

「……一体、何を言っているのです?」

　訝しそうなダリの問いかけと重なるように副学長を紫の煙が覆う。

　そのままジュウ、とその体が腐敗してゆき……現れたのは、一体のゾンビだった。

「まさか……!?」

「認識障害魔法だ。貴様やこの学園の生徒たちに偽りの記憶を与え、ギルドの記録も改竄しておいたんだよ、ダリ。服従の証で支配出来なかったのは予想外だったが、それだけだ」

　エイトが手を上げるとドラゴンゾンビが咆哮し、発された瘴気がネ・ブアをさらに変化させる。

　バラウールが変化したミミック・デビルに似た姿の、背中に羽根を生やしたゾンビに。

「ロット・デビル……ですか」

「強いんですか？」

「ええ。人が禁呪で変化したリッチなどと同じ、Aランクの魔物です」

レヴィは、現状が先ほどの赤いワイバーンの時よりも圧倒的に劣勢だと悟った。

この場にいるのはダリ以外は消耗した学生ばかりで、レヴィ自身もまだFランク冒険者だ。

しかもエイトが喚び出したものは、それだけに留まらなかった。

ボコリ、ボコリ、と地面がめくれ上がり、さらに無数のゾンビが姿を見せたのだ。

「クトーや教師たちは何をしてるのよ……ッ！」

「奴らは来ない。――――来れない、と言ったほうが正しいかもしれんがな」

「どういう意味よ！」

「ここは、隔離された異空間の中なのです。見た目は学校の修練場ですが、あなたたちは戦っている間に移動させられていたのですよ」

操られたふりをしていた私は招かれましたが、とダリが言い、エイトがそれを肯定する。

「その通りだ」

「何でそんなことをするのよ!?」

「さあな。それを命じた相手はすでに死んだ。俺の役割はここでお前たちを殺し、後ろのドラゴンゾンビを己の肉体とすること、それだけだ」

エイトから立ち上った瘴気が、ドラゴンゾンビのそれと混じり始める。

「抵抗するなとは言わん。しばらくゾンビどもと遊んでいろ」

笑い混じりの挑発に、ダリは厳しい顔で周りを見回し、生徒たちは怯えて震えていた。

メイはリュークを見て涙を流しており、ル・フェイは自分に兄がいない、と言うエイトに告げられた事実に頭が追いついていないのか、呆然としている。

これじゃ、勝てない。

相手はこちらの心を折りにきており、それは多分、成功しているのだ。

レヴィが奥歯を噛み締めると、さらに心の奥から自分がささやく声が聞こえる。

――じゃあ、諦めるの？

その声に、レヴィは大きく息を吸い込んだ。

――そんなわけないでしょ。

絶望を受け入れて諦める程度の、自分なら。

「……そもそも、今ここにいないのよね」

イッシ山でワームに対峙した時や、温泉街の倉庫でドラゴンやスートに対峙した時に比べれば。

一人じゃないし、ダリもいるし、体もまだ動く。

無駄だったとしても最後まで足掻こうと、足を踏み出しかけると。

「誰が……大人しく殺されてやるかよ」

まるでレヴィ自身の声を代弁したかのような言葉とともに立ち上がったのは、アッチェだった。

傷は癒えているが体力は戻っていないらしく、少しふらついてから槍を持ち上げる。

「寝ていなさい。心配せずともどうにかします」

「そんな気休めいらねーよ、父さん」

一言でそう切り捨てて、アッチェはギロリとこちらを見た。

「お前もやるんだろ？」

「当たり前でしょ。私はあなたと違ってタフなのよ」

根性くらいしか取り柄がないとも言うけど、と思いながら、クトーとの訓練を思い返す。

彼の訓練は冷徹なほどに厳しくて、その分とてつもなく実践的なのだ。

ゾンビの対処法も習っているしそれなりにやれる、とレヴィはブーツの先で地面を叩いた。

「この私をナメたことを、あいつに後悔させてやるわ」

するとダリが、レヴィの言葉にうなずいた。

「そうですね。クトーたちが気づくまで、時間を稼ぎましょう」

「気づく？」

「ええ。エイトは最初、彼らが相手をしていたはずです。それがここにいるということは」

「なるほど……クトーたちのところから逃げてきた、ってことね」

それなら、助けを期待できるかもしれない。

もしここが異空間だとしても――――期待する相手が、クトーなら。

「私たちが死ぬ前に来るといいけど」

「僕がゾンビが入れないように結界を張ります。それまで持ちこたえてください」

「わかりました。……アッチェ」

レヴィが名前を呼ぶと、竜騎士の少年は少し驚いたように目を見開いた。

「何だ？」

「さっきの口から吐いてた息吹って、火のやつも撃てるの？」

「……ああ。それがどうした？」

「一回、そこら辺焼き払ってくれる？」

レヴィがゾンビの第一陣を指さすと、アッチェが父親の顔を見る。

「なら、火と聖の魔法が使える面々全員でやりましょう。出来ますね？」

ダリの言葉に生徒たちは顔を見合わせたが、うなずいて立ち上がった。

「メイ」

レヴィはその中で一人、未だドラゴンゾンビに目を向けたまま動かない少女に声をかける。

「ねぇ。あなたのお祖父さんとリュークは、この状況でヘコたれたまま何もしないと思う？」

「え……？」

その言葉に、メイが反応した。

こちらに目を向ける彼女に、肩の幼竜を指差す。

「あなたは、その子をリュークから託されたんでしょう？　だったら責任があるんじゃないの？　もし無駄だとしても、最後まで足掻く責任が」

ポーチから取り出した小瓶の水で投げナイフとダガーの刃を濡らしながらレヴィが言うと、リョーちゃんはメイに頬をすり寄せる。

その頭を撫でた少女は一度目を閉じ、それから顔を上げた。

「はい、やります……やれます～！」

手にした槍を突き上げたメイに、アッチェが言う。

「なら行くぞ。タイミング合わせろよ……3、2、1」

二人が息吹を放つと、それに合わせて次々に生徒たちが魔法を叩き込んでいく。

「「爆ぜろ！」」

「「癒せ！」」

ル・フェイや魔導戦士が爆炎魔法を放ち、回復術師は治癒魔法でゾンビの腐敗を促進する。

そしてダリが結界を張ろうとした瞬間、レヴィは前に向かって飛び出した。

「レヴィさん!?」

「なるべく私がゾンビを引きつけるから、そっちに行った分はよろしくね！」

焦った声を上げたダリに言い返してから、両手の指に挟んだ投げナイフを一斉に放つ。

本来、ゾンビに対しては有効ではない手段だ。

しかしナイフが頭部や腹部に突き刺さったゾンビたちは、一斉に怨念に満ちた声を上げた。

――ゾンビには聖水が有効。

それをクトーから習った後に、レヴィはオーツの市場でそれを買い求めておいたのだ。

「せー……の！」

細いチェーンの端を持ち、コマのように体を回転させて聖水を振りかけたダガーを振り回す。

腐蝕と聖水の二重効果で、刃に触れた場所から魔物たちがさらに腐り落ちていく。

「無茶です！　戻ってください！」

結界の中からダリが呼びかけてくるが、レヴィには勝算があった。

ゾンビたちの注意がこっちに向いた瞬間にフェイントをかけて地面を這うように跳ぶ。

【ハイドラビットの綿毛】は、赤いワイバーンの時と違い確実な効果を示した。

――いつだって。

自分を見失ったゾンビたちの隙間に潜り込んで、さらに一匹の足を奪う。

――クトーの助言には間違いがない。

レヴィは彼の口にした言葉を信じて、上手く立ち回るだけで装備が助けてくれるのだ。

――無駄に可愛さにこだわるところだけは、諦めて欲しいけどね！

「アァアアアアッ！」

そのまま、レヴィがさらにダガーを振り回し、投げナイフを放ちながらゾンビたちを引きつけては姿をくらます行動を繰り返すと、群れがダリたちのいる場所から少しずつ離れ始める。

だが、良い感じ、と考えたところで、ズル、と軽く足が滑った。

「……!?」

動きを止めたところで、下半身のもげたゾンビに足を摑まれる。

しまった、と思いながらダガーを手元に引き寄せてゾンビの頭を突き刺すが、その間に他の魔物たちが周りに集まってくる。

「ま、だぁ！」

レヴィは伸ばされたゾンビの腕に飛び乗ると、さらに跳ねて包囲を抜け出した。

なんとか四つん這いで着地するが、膝がガクン、と崩れる。

掴まれた足が灼けるように痛んで、思うように動かなくなっていた。

「……っ」

「レヴィさん！」

――こんなところで。

レヴィは動かない足に拳を叩きつけて、チェーンを掴んでダガーを振り回す。

ゾンビの数が多すぎた。

見回すと、倒している間にも地面の下から次々に現れているようで、一向に数が減っていない。

学校にそんなに大量の死体が埋まっているわけはないので、この異空間のせいなのだろう。

「父さん、俺たちも出る！」

「……ダメです」

「なんでですか～!?　せめて、メイたちだけでも！」

「この結界は、遮断の結界です。あなたたちを出すには一度結界を解く必要がある」

「出てくるんじゃないわよ！」

今結界を解いたら、最終的にはゾンビの数に押し切られて全員死ぬことになるだろう。

だが強がってみせても体はついて来ず、ついに手から力が抜ける。

チェーンが一体のゾンビに巻きついたままになり、力任せにダガーごと持って行かれた。

「あ……」

手を離れた武器を目で追うがどうしようもなく、思考が空転する。

――何か。何か他に出来ること……！

だがもう、手は使い尽くしていた。

聖水もモンステラ・ムスクも、投げナイフもない。

「……私は」

それでもレヴィは、ギリ、と歯を食い縛りながら目の前に迫る形を伴った悪意に対して吼えた。

「こんなところで……死んでる場合じゃ、ないのよぉッ！」


と、叫んだところで――――ヒヒヒ、と聞き慣れた笑い声がその場に響いた。


『相変わらず、嬢ちゃんはいい根性してるよねぇ』

ゆらり、とモーガンのそばに姿を見せたのは、いつもの笑みを浮かべた獣姿の仙人。

彼が手にしたキセルでトン、と頭を叩くと、中年男性は呆気なくその場に倒れこんだ。

「……トゥス？」

『おうとも』

当たり前の問いかけに律儀に片目を閉じてみせたトゥスは、次いで赤いワイバーンに目を向ける。

『ようやっと外と繋がったぜ、竜の兄ちゃんよ』

「え？」

レヴィが疑問の声を上げると、赤いワイバーンが軽く頭を動かして人の言葉を発した。

「――竜の意を以て、魂の絆を示せ」

それもまた、聞き慣れた声。

同時に、ゾリリ、とその体から強烈な気配が放たれて、レヴィを中心とした足元の地面に赤い魔法陣が浮かび上がる。

そして、絆転移《バンドテレポート》の魔法が発動した。

ドン、と出現の衝撃波が発生して、ゾンビたちが吹き飛んでいく。

そうして、レヴィの周りを囲むように姿を見せたのは……覇気を纏った数名の戦士たちだった。

幼な顔に無精髭の拳闘士、眠たげな半眼の剣闘士、ハゲ頭の重戦士。

フチなしメガネをかけて長い杖を持った、青い髪の女性ギルド職員。

他にも初めて見る、白衣姿の痩せた男と、メイド服を着た作り物のような少女。

そして最後にレヴィの前に現れたのは……黒い外套を身に纏って偃月刀を手にした、銀髪の男。

勇者率いるパーティー【ドラゴンズ・レイド】のＮｏ．２。

リュウの幼馴染みにして、自身も強大な戦闘力を有する一見文官のような男。

真の強者達から、ごく自然に慕われ。

有能さを鼻にもかけず名声にも興味を持たない、可愛いものが大好きな変人。

自称・最強パーティーの雑用係――――クトー・オロチ。

彼はいつもの無表情のまま、青い瞳でこちらを見下ろす。

そして、イリアスの花の香りを漂わせながら手を上げ、くしゃり、とレヴィの頭を撫でた。

「無事か？」

その声音に安堵を覚えると同時に、全身に重い疲労がのしかかり、傾いた頭が彼の胸元に触れる。

「……なんかいっつも、最後が締まらないわね。我ながら」

――やっぱり来てくれた。

少し泣きそうになりながらレヴィがつぶやくと。

「そんなことはない」

クトーに頭を撫でられ、軽く抱き上げられた。

「お前は十分働いた。後は、俺たちに任せておけ」

クトーはメイとル・フェイの元にレヴィを連れていった後、赤いワイバーンを冷たく見据える。

「リュウ。なぜレヴィを助けなかった？」

『無茶言うなよ』

ワイバーンが赤い光に包まれて姿を変え、目に突き刺さっていた槍がカラン、と地面に落ちた。

「あいつにバレねーように魔法陣保持しながらトゥスの合図待ってたってのに、この上戦ってろってのか？　瞬転移はさすがに集中しなきゃ使えねーんだよ」

輝きが消えた後にいたのは、地面に座り込み、立て膝に腕を置いた軽そうな雰囲気の男。

ニヤニヤと笑う彼の体にはケガ一つない。

「レヴィの時間稼ぎはちゃんと見守ったよ。カッコ良かったぜ？」

リュウは立ち上がって跳躍し、クトーの横に着地するとこちらに親指を立ててくれる。

認められたのは嬉しいが、全然カッコ良くなんかない、と思いながら目を伏せた。

そこで、すぐ近くに立っているアッチェが小さくつぶやく。

「あんた、ギルドにいた……ドラゴンが人間に……？」

「だから言ったでしょう。どうにかする、と」

ダリが、それでも少し安堵したように息子に答えつつ肩から力を抜いた。

「ここからは、世界最強の大人たちが頑張ってくれますよ」

「そういうこった」

「リュウ……世界最強……それに竜化の魔法……！」

アッチェが呆然と呟くと、メイとル・フェイ以外の生徒たちも彼の正体に気づいて絶句した。

「異空間にまで入ってくるか。クク、そうだな、そうでなければ面白くない」

乗っ取りを中断させられたエイトが嗤うのに、クトーは淡々と答える。

「あらかじめ分かっていれば準備も出来る。同じ手が二度も三度も通用するとは思わないことだ」

「……どういう意味？」

レヴィが戸惑ったように声を漏らすと、リュウが軽く肩をすくめた。

「俺がここにいたのは、クトーの仕込みだよ。何かを仕掛けてくるのは確定してたし、狙いが俺らだってことも分かってた。だから、逆にハメ返したんだ」

「手法が、わざとかと思えるほどに酷似していたからな。ブネの時のように、ゾンビの目撃情報という分かりやすい餌でこちらを釣り……」

クトーが静かに言いながら、指を立てていく。

「温泉街でスートを使ったように、ジクを使って身内にヒントをばら撒いた。そして隙を突いて別の場所……クサッツなら旅館を、オーツでは学校を狙って嫌がらせをしてきた」

そこで目を細めたクトーは、正面に立つエイトに偃月刀の刃を向ける。

「────こちらの読み通りに、な」

「アッチェにリュウさんを引き渡す時は、バレないかとヒヤヒヤしましたけどね。……模擬戦に関しては、少しやりすぎでは？」

「いい訓練になっただろ？　ある程度本気にさせなきゃ、怖さも学べねーし底力も出ねぇ」

ダリの苦言にあっさりと肩をすくめて、リュウはゴキゴキと拳を鳴らした。

「久々にこんだけ揃ったことだし、少し派手にやろうぜ」

「仲間のレヴィを痛めつけてくれた以上、手加減をするつもりはない」

クトーはメガネのブリッジを押し上げて言葉を重ねる。

レヴィはその頼もしすぎる二人の背中を見て、劣等感を覚えた。

彼らは誰も、ゾンビの群れやAランクの魔物たちを前にして気負ってすらいない。

「……やっぱり、まだ全然敵わないのよね」

「レヴィ……お前、【ドラゴンズ・レイド】だったのか……!?」

「あなた本当に肩書きに弱いわね、アッチェ。私はこないだ加わったばっかかの、ただの見習いよ」

戦慄した顔でこちらを見つめる少年に、レヴィは片眉を上げて口の端に笑みを浮かべた。

「今はまだ、ね」

第九章　殲滅と対話

「手加減はしない、か」

エイトはクトーの宣言に対して、薄く笑みを浮かべながら口を開いた。

「威勢がいいのは結構だが、こちらにはまだ、貴様らに対する切り札が残っているぞ？」

彼自身とネ・ブア、そしてドラゴンゾンビの肉体が瘴気に包まれ、同時に変化を始める。

血管のような筋がそれぞれの体の上に浮かび上がった。

それぞれの頭がネ・ブアの顔を模《かたど》った真っ白な仮面と化し、その上にエイトの鼻筋までを象った仮面が重なる。

さらに生やした尾を龍の首に似た形に変えて一回り巨大化した三体は、全て今まで見たことのない姿をしていた。

それぞれ左右に片ツノを生やした四つ目の悪魔が二体と、下顎だけがワイバーンの形を残したハイエンド・ドラゴンゾンビ。

それを見て、愛用の【世界樹の杖】に魔力を込めながらミズチが問いかけてくる。

「あれは何でしょうね？　デスマスクの上位種か変異種でしょうか？」

「憑依に近い禁呪で相互に力を増しているんだろう。学生の訓練相手にしては少々剣呑だな」

「Sランク近い魔族を相手にすんのは久々だな。クトー、賭けようぜ」

「断る」

「おま、即答かよ!?　それじゃ話が進まねーだろうが!」

ニヤニヤしながら大剣を担ぎ上げたリュウの提案を一蹴すると、なぜか噛み付かれた。

「俺になんの得もない。どうせ賭けの内容は、どちらが先にあれを始末できるか、だろう」

「よく分かってんじゃねーかよ。どーせ勝つんだから、なんかあったほうが燃えるだろ?」

「賭け事に熱を上げて油断していると、燃えるのはお前の体だと思うが」

そもそも、ただの雑用係と勇者で腕前を競ったところで結果は知れている。

負ける戦いにあえて乗る理由などどこにもないのだ。

「リュウさんたちがやらねーなら、俺たちが賭けようぜ。俺はリュウさんだ」

「いいな、それはダルくねぇ。俺もリュウさんだ」

「じゃ、ジブンはクトーさんに賭けるスね」

「あ、テメェら!」

ギドラたちが皮袋を足元に放り投げるとリュウが噛みつき、クトーはその様子に眉根を寄せた。

「お前たち」

「なんすか?　いいじゃないっすかこれくらいの楽しみ」

「儲かりゃ、しばらく飲み代に困ってダリィ思いしなくて済むんで」

「ジブンはちゃんとクトーさんに賭けたスよ?」

「ヌフン。じゃ、ボクちんは……」

「俺は自分に賭けるぞ！」

「乗るなアホが」

クトーはジクに続いてあまり膨らんでいない皮袋を投げるリュウを、冷たい目で睨みつけてやる。

「俺の金をどー使おうと俺の勝手だろうが。固ぇことばっか言うなら偃月刀返せや」

「この状況でよくそんな卑劣な考えを持てるな……」

「ちょっと!?　あなたがそれ言うの!?」

「む？」

ついに座り込んだレヴィまで口を挟んで来る。

そう言えば、クトー自身も何回か似たようなことを彼女にした覚えがあった。

「それとこれは話が別だと思うが」

レヴィに可愛らしい格好を強要するのは、誰一人損はしない八方良しの大正義だ。

しかし彼女は納得しなかった。

「まったく何も違わないわよ！」

こんなことを言い合っている場合ではないのだが。

クトーはため息を吐き、エイトに向き直ると譲歩を口にした。

「賭けを理由に手を抜いたら、全員減給だ。連携は取れ」

「朴念仁にしちゃ、えらくすんなり納得したな」

「こんがことだからな」

仕事をきちんと遂行するなら、誰が得をして誰が損をしても構いはしない。

だがこの件での給料前借りだけは完全拒否することを、クトーは内心で決意した。

「……やっぱり、世界最高峰の実力者集団には見えないですね……」

「ル・フェイ。その認識は正しい」

ポツリと、呆れたように言葉を漏らした少女に、クトーは目を向けないまま告げる。

「俺たちはただの俗物に過ぎない。決して清廉潔白でもなければ、人格者の集まりでもない。気が短く、問題ばかりを起こす厄介者だらけの、どこにでもいるような冒険者集団だ」

仲間たちに行儀よく、などと命じても出来はしない。

お上品な腹芸などまっぴら御免な、変人揃いのチンピラだ。

しかし、それでも。

「リュウの周りに集った俺たちが」

どんな時でも笑い。

怯えて心折れることなく。

「死地を踏破し、危機を幾つも乗り越えることが出来たのは」

はしゃぐ時はバカみたいにはしゃぎ回り。

誰かが危機に陥れば、損得を抜きにして手を差し伸べ。

驕らず、たゆまず。

そんな風に、誰もが決して――。

「――俗である自分を見失わなかったから、だ」


クトーの言葉に、仲間たちが小さく笑みを浮かべてそれぞれの武器を構える。

「えらく気合い入ってんじゃねぇか」

「時間がないからな。あのドラゴンゾンビの中には、コウン翁とリュークの魂が宿っている」

「ほぉ？」

リュウが口元を歪めて片眉を上げるながら、瞳の奥に怒気をちらつかせた。

「あの野郎、ナメた真似してくれてんじゃねぇか。お前もお前で、なんで乗っ取りを防げなかった？」

「リューク自身が拒否した。コウン翁の魂を瘴気から守るためにな」

低く言い返すと、ふー、と軽く息を吐いて前髪を掻き上げた相棒は、カバン玉から一振りの赤と黒の意匠を持つ偃月刀に似た得物――【真竜の大剣】を取り出した。

「なら、瘴気に染まり切る前に救わなきゃな」

「ああ」

『やれ』

エイトの声に応えて、ふたたびゾンビたちが一斉にこちらに向けて迫ってくる。

のんびりと大剣を構えたリュウは、切っ先で敵を示した。

「いつも通りにやるぞ。俺が一番前で、お前が指揮だ」

「一応、パーティーのトップはお前だろうが」

いつものことだが、クトーは苦言を呈してからメガネのブリッジを押し上げ、仲間たちに告げる。


「我ら【ドラゴンズ・レイド】――これより、魔族を駆逐する」


そのまま、地面に偃月刀を突き刺して全員に身体強化の補助魔法をかけた。

「昂ぶれ」

ブァ、と広がった補助魔法の効果が全員を覆った直後に、リュウが地面を蹴る。

「よっしゃ二バカ、ついて来いやァ！」

凶悪な笑みを浮かべて突っ込んでいくリュウに、三人は素早く追従した。

「もし俺らがトドメ打ったらどうなるんだろうな？」

「そしたら殺《ヤ》った奴の総取りだろ……じゃなきゃダリィ」

「んじゃ、ジゾンがもらうスね」

話しながらも、それぞれ手当たり次第にゾンビを潰しながらド一直線に突撃していく。

「防げ」

四人を眺めながらクトーは防御魔法を発動し、ダリやレヴィ、生徒たちを結界で包んだ。

「ジク、ルー。結界周りの防衛とゾンビの掃討を」

「ヌフ、分かったよぉ。でもボクちん、あのドラゴンゾンビの変種に一回殴られてみたいなぁ……」

「殴られたいのですカ、マスター」

「今回は諦めろ。ルーも今はやめておけ」

ジクがうっとりとした顔で言うのを、クトーはピシャリと却下する。

「あぁ、残念だなぁ……縮れよ、縮れ」

彼がゴーレム生成の上位魔法を唱えると、数十体が同時に土から生成された。

この数をただ作るだけなら熟練した人形術師であれば可能だが、ジクの凄まじいところはこれらを精密に、しかも同時に動かすことができる点である。

パチンという指鳴りの音とともにゴーレムたちが動き出し、半数が防御結界の護衛に回る。

「ヌフン。ルーも、好きに暴れていいよぉ？」

「畏《かしこ》まりましタ、マスター。敵性存在を殲滅しますス」

メイド型のドールゴーレムが両手のドリルをジャキン、と構えて飛び出すと、残りのゴーレムも一斉に動き出し、通常の範疇を超えた威力の拳でゾンビたちを殴り飛ばしていく。

そんな乱戦を挟んで、クトーはエイトが変化したロット・デスマスクをじっと見つめた。

数度のやりとりで、相手の語り口や目にどこか覚えがある気がしたのだ。

「……トゥス翁。俺についてきてくれるか」

『仙人使いが荒い兄ちゃんさね。割に合うだけのもんは貰えるのかねぇ？』

「仲間の魂を救えるのなら、金に糸目はつけん」

クトーはトゥスの軽口に答えながら偃月刀を脇に挟むと、刃先の狙いをエイトに向けた。

「必要ならば、俺の財産を全て持っていけばいい。────貫け」

クトーは、エイトと切り結び始めたリュウを光の下位魔法で援護した。

偃月刀を持った自分が使える中では、広範囲に影響を及ぼさない数少ない魔法である。

刃先から撃ち出した光線が魔族の肩口を灼く。

『ぬ……!』

飛び退いたエイトを追撃しようとしたリュウだったが、その間にドラゴンゾンビが割り込んだ。

非常に厄介な盾だ。

Sランクの戦闘能力を持つ上に、殺さないように立ち回らなければならない。

「翁。返答を」

『ヒヒヒ。わっちはカネには興味がねーねぇ。だが、今のまんまじゃ魂は引っ張り出せねぇさね』

「どうすればいい？」

『瘴気の元凶を潰すことだねぇ。あの翼竜が、人の魂を守れている内に……』

「この異空間の軸になっているのはエイトです。あれを始末するのが一番手っ取り早いかと」

氷の魔法でゾンビを凍りつかせていたミズチが、ちらりとリュウに目を向ける。

「だらっしゃぁ！」

『uLoHoOoOH──────▼▼▼▼▼▼▼▼▼▼▼▼』

リュウが全身から噴き出した竜気を浴びた魔物が、血涙を流しながら慟哭に似た咆哮を放つ。

それは、コウンを守るリュークが懇願しているように、クトーには感じられた。

「……エイトを始末する」

「はい」

クトーは連続で光槍を放って、リュウの横に回り込もうとするエイトを牽制しつつ前に出た。

――あの魔族の正体は何だ？

相手は、ここまで執拗にクサッツで起こった出来事の形をなぞっている。

エイトが仮に黒幕……デストロの立場ならば、この時点で欠けている役者が一人いた。

「地を喰らえ、氷の牙よ！」

途中で立ち止まったミズチが水の上位魔法を発動すると、地面を一直線に走った青い光の上に、狼の牙に似た鋭利な氷刃が次々と出現する。

それを避けて飛び退いたエイトに対して、大上段でリュウが斬りかかった。

魔族はその刃の腹に腕を添えて外側にいなすが、ジュウ、と触れた部分の腐肉が焼ける。

リュウは闇属性の魔物に対する絶大な効果を持つ大剣を振り抜き、大きく踏み込みながら左の拳をエイトの脇腹に叩き込んだ。

リュウが瞳を真紅に染め、からかうようにエイトの耳元でささやく。

「遅えんだよなぁ……竜気よ！」

人の身でただ一人、高位竜の魔力を身に纏える男の拳がゾワリと音を立てて鱗に覆われた。

「ッハァ！」

地面に大剣を突き刺したリュウは、反撃すら許さないほどの速度でエイトを乱打した。

上下左右に体を弾かれるたびに、魔族の体から砕けた仮面の破片や抉られた体毛が舞い散る。

『……！』

「トドメだ。くたばれァ！」

動きを止めたエイトの胴を、リュウは大剣を引き抜きざまに横薙ぎにする。

斜めに両断された魔物の上半身が、空に逃れようと翼を広げた。

「クトー！」

「分かっている」

リュウの呼びかけに、待機していたクトーは偃月刀を横に振り抜いて魔法を発動した。

「打ち祓え」

ぽつん、とエイトの頭上に小さな魔法陣が出現し、そこから青い光の柱が降り注ぐ。

『ゴォ……!?』

本来ならばBランクの魔物にはさほど痛手を与えない中位の浄化魔法だが、偃月刀の性能によってクトーの魔力を最大限に込めた一撃である。

エイトが上半身を灼かれて塵に還ると、残った下半身も同じタイミングで溶けるように消えた。

『……！』

それを見たネ・ブアが、爆発的に体から瘴気を吹き出す。

圧によって三バカの猛攻に隙を作ったもう一体の魔族は、素早く影に沈んでその場から脱した。

「リュウ。後ろだ」

相手の出現位置を先読みして口にすると、リュウはすぐさま後ろを振り向く。

「ドンピシャ！」

影から出現したネ・ブアに、クトーは偃月刀を短く持ち替えて相棒と挟み撃ちの体勢を取った。

目論見が外れたからか、ネ・ブアは攻撃を行わず跳ねるように真上に跳躍した。

が、この状況でふたたび闇に潜らないのは悪手である。

クトーが足を止め、リュウを援護する姿勢を取りながら視線を上空に向けたところで――――。


――――塵に還ったはずのエイトが、地面に落ちたネ・ブアの影から姿を見せた。

「……！」

『闇に溶けろ』

こちらに向けて両手を突き出し、静かに敵が魔法を発動する。

耳鳴りと全身に鳥肌が立つような怖気を感じた瞬間、クトーの視界は暗黒に包まれた。

『甘いのはそっちだったな』

エイトの声に、ギドラが吼える。

「テメェッ！」

『思った以上に呆気ない幕引きだ』

「へぇ、そうかよ」

続いてヴルムの振るうグラディウスの斬撃音と、エイトの羽ばたきが重なった。

『ほう。あしらの坊主に比べて、お前はずいぶん冷静だな』

「あんたもギドラの兄貴も、よく見た方がいいスよ」

『何？』

ズメイがそう告げた直後に、偃月刀の刃先へと暗闇が凝縮して視界が晴れた。

「騙し切りたいのなら、下半身も塵に還った、と見せかける程度の小細工はするべきだな」

闇魔法を拳大の封印結界に収めたクトーは、偃月刀の刃先でそれが消滅するのを確認してからエイトに目を向ける。

「ブネ。────次があれば、気をつけることだ」

「真面目な顔で敵に講義すんな。煽ってるようにしか聞こえねーぞ」

「む？」

リュウの呆れ声に首をかしげると、エイトが愉しげにこちらの言葉に反応した。

『ようやく俺の正体に気づいたか』

この件で出てきていない役者とは、クサッツで暗殺者として旅館を襲った男、である。

そこからエイトの正体を推測したのだが、当たったようだ。

『勇者よりも先に排除するべき人間、と魔王様に言わしめた男も、平和の中で鈍ったか？』

「そうした妄言に関しては、元々が過大評価だ」

こちらの返事に答えずに、エイトは両手に闇の塊を生み出す。

『闇に染まれ』

魔族が口にしたのは、真の暗黒を召喚する闇の上位魔法だった。

両手の塊を叩きつけるようにエイトが撃ち合わせると、爆発的に広がった闇が今度は視界だけでなく音までも消滅させた。

言葉を封じられて魔法が発動出来なくなったが、クトーは上下の感覚までも失われる前に、横にいるリュウの背中をぽん、と叩く。

すると直後に、闇の中に赤い輝きが生まれて炸裂した。

魔の影響を払う竜気の波動によって、外套の裾やメガネのチェーンが暴風にはためく体感が戻ると同時に、クトーは敵の姿を捉える。

その隙に三体の魔物は、こちらを無視して仲間たちの方に散っていた。

ドラゴンゾンビが結界に向かって突進し、エイトとネ・ブアは三バカに襲いかかる。

『さぁ助けてみせろ、クトー・オロチ。仲間の命は、ありとあらゆる全てに優先するのだろう？』

「ミズチ！」

クトーの呼びかけに応えて、ミズチがドラゴンゾンビに杖を構えた。

が、彼女の行動よりも早く、ジクが普段とは比にならない速度で魔物と結界の間に割り込む。

「ヌフ……いいよぉ……！　チャンスだぁ……！」

瞳をキラキラと輝かせながら、人形術師はドラゴンゾンビの突撃を真正面から受け止めた。

「ゴフゥ……ッ！」

衝突したジクが吹き飛ばされると同時に、護衛のゴーレムたちが魔物の四肢に取り付いて結界の直前で押し留める。

「――聖樹の化身よ」

十分に準備の時間を得たミズチは【世界樹の杖】で固有魔法を発動した。

聖の属性を持つ蔦《つた》が地面から生え、搦めとるようにドラゴンゾンビを拘束する。

『uLoHoOoOH――――ッッッッッッッッッ』

再び嘆きのようなうめき声を上げた魔物が、腐肉から黒煙を上げた。

世界樹の魔法は、瘴気を吸うのだ。

みるみるうちに弱っていく屍龍に、ゾンビを相手にしていたルーがグルンと頭を向ける。

「マスターに対し敵性存在からの攻撃あり。反撃魔法の起動確認出来ズ。無力化を開始しまス」

顔の微笑みをスッと無表情に変え、ドールゴーレムはジャキン、と両手のドリルを構えた。

「【螺旋の拳】、機能解放」

バチバチと螺旋の表面に雷の魔法を纏わせ、ルーはゾンビたちをなぎ倒しながら一直線にドラゴンゾンビに肉薄すると、後肢の一本をドリルで貫いて抉《えぐ》り抜く。

足を断ち落とされて支えを失った魔物の体が横倒しになったところで、吹き飛んだジクがむくりと上半身を起こし、恍惚とした表情で言った。

「なかなかいいよぉ……でも、ルーの方が痛いなぁ」

「お褒めにあずかり光栄でス」

「後、そのドラゴンゾンビは殺しちゃダメだよぉ？」

「畏まりましタ、マスター。命令の優先順位を変更しまス」

顔に微笑みを戻したルーは改めてゾンビとの戦闘に戻り、ゴーレムたちも方々に散っていく。

『色々とヒヤヒヤするねぇ』

「翁、向こうを頼む」

『ヒヒヒ。ついてきた意味がなかったさね』

トゥスの気配が消えるのに合わせて、クトーはリュウと共に二体のロット・デスマスクと三バカの戦闘に乱入した。

「お前たちは、いつもやることが悪趣味だな」

『生を受けた以上、己の快楽に興ずることこそ至上』

エイトは、クトーの偃月刀を避けながらつまらなそうに吐き捨てる。

『我々にとっては、貴様らの在りようこそ不可解。疑心暗鬼にさいなまれながら群れ集う……その脆弱な繋がりにつけ込むのはそれなりに楽しい遊びだがな』

「その楽しみも、今日、ここで終わりだ」

魔族は非常に残虐で好戦的、力によって序列を決める種族である。

そんな彼らの『遊び』で滅ぼされたり、恐怖に陥れられた村は数多く見てきた。

「お前らの人を弄ぶ企みを、俺たちはいくつも叩き潰してきた」

同時に、己への過信と人間への過小評価が魔族たち自身の死も、呼び込んできたのだ。

ヒュン、と横に偃月刀を伸ばしたクトーは、メガネのブリッジを押し上げて告げる。

「講義の時間だ、魔族エイト。守られるだけではない俺の仲間の強さを知れ。……ギドラ」

「おぉよ！」

ギドラは両手を見えない球を包むように腰だめに構え、貯めた風の気を解き放つ。

「〝裂破〟ッ！」

凝縮されたカマイタチを撃ち出す、上位の風のスキル。

空中のネ・ブアはどうにか避けたものの、肩の先端を削ぎ落とされて瘴気の煙が上がる。

エイトがその隙にギドラに襲いかかろうとするのに対し、ヴルムがごく自然に足を踏み出した。

「〝炎よ〟」

グラディウスの刃に炎を宿し、ダラリと弛緩した状態から一切の予備動作なしで技を繰り出す。

それをエイトがかぎ爪で受けるのを確認しながら、クトーはネ・ブアへと魔法を発動した。

「風刃よ」

逆袈裟に放った真空刃が、空中にある魔族の片翼を半ばから断ち落とす。

「ズメイ。行け」

「うス」

大楯を構えたズメイが、落下しながら魔法を放とうとするネ・ブアに体当たりをかました。

そのままもう片方の手でハルバートを振り上げると、魔族の肩口に全力で叩きつける。

「力比べ、するスか？」

ネ・ブア相手に一歩も引かず、ズメイは自分より巨大な魔族を仰向けに押し倒した。

「ジブンの勝ちスね。――――〝固まれ〟」

そのまま、硬直の効果をもたらす土のスキルでネ・ブアを繋ぎ止めるのを見たクトーは、さらに相手の手を潰すために地面に偃月刀を突き立てた。

「聖気よ」

魔法剣の要領で校庭の地表を聖の魔力で覆うと、ネ・ブアの背中でバチ、と黒い光が弾ける。

闇に沈んで逃れようとしていたのを、こちらの魔力が弾いたのだ。

「リュウ」

「おぉよ！」

リュウは、ヴルムが引くのと入れ替わってエイトに斬りかかった。

【真竜の大剣】を構えた彼はさらに自分の形態を変化させ、竜人に近しい姿になって渾身の一撃を放つが、敵の体を両断したかに見えた刃は靄《もや》をすり抜けるように空振る。

闇を渡る手段を封じられたからか、エイトはブワァ、と瘴気の塊に似た姿になってネ・ブアの方に向かっていった。

「ズメイ、離れろ」

クトーの指示にズメイが即座に従い、エイトの靄がネ・ブアに覆い被さる。

大剣を肩に担ぎ上げたリュウが、牙の伸びた口元を歪めた。

「面白芸が好きな野郎だな。そろそろメンドクセェが」

「いや、好都合だ」

「どういう意味だ？」

そのままネ・ブアに吸い込まれたエイトを見ながらクトーが手で合図を振ると、リュウを中心にズメイが前に、ギドラとヴルムが両翼に並ぶ。

クトーはリュウの背後に位置して、偃月刀に魔力を込めた。

「おそらくあの二体は、今までの状態であれば同時に破壊しなければ倒せなかっただろう。二つで一つの存在になることで、自身に擬似的な不死性を付与していたように見えた」

魔王ですら、勇者であるリュウの猛攻を受けて無傷ではなかった。

にもかかわらず、大剣で斬られて復活したエイトの動きは鈍っていなかったのである。

その時点でおかしいと感じていたのだ。

ズメイの呪縛を吹き飛ばして立ち上がったロット・デスマスクは両角を備えており、相手から感じる禍々しい圧が明らかに増している。

「来るぞ。備えろ」

クトーが警戒を促すと、魔族はそれまでに倍する速度でこちらに突撃してきた。

「〝護れ〟！」

ズメイが大楯を真正面に構えて、前面に土の防御結界を展開する。

メキィ、と音がしてズメイが靴底で土を抉りながら少し後ろに下がった。

「隙を作れ」

「「うっす」」

クトーの指示に、ギドラが動く。

デスマスクに対して三爪に風気を纏わせた左右の連撃を放った。

それを両手で受けた魔族は、顎を大きく開いた龍の尾で噛み殺そうとするが、ギドラは逆に腕でそれを搦めとる。

「へへ。掴まえたぜ！」

無精髭の生えた口元を悪戯っぽく歪ませながら、手首を交差させて尾を地面に押さえつける。

「なぁ……ダリィから、そろそろ大人しくしろよ」

ギドラと反対から時間差で迫ったヴルムは、ごく自然な動きで魔族の懐に潜り込んだ。

「目、潰しとくか？」

最短、最小の動きで炎の刃先を動かした剣闘士は、神速の四連撃を仮面の四つ目に突き入れる。

『ゴォ……！』

左手で炎を吹き出す目元を押さえたデスマスクのそばから、ヴルムはさっさと後退した。

面倒臭がりの気性ゆえにヒット&アウェイを信条とする彼は、無茶をしない。

『貴様らァ……ッ！　喰らえ！』

ブン、と魔族が左手を振るうと、ドクロの顔を模した闇の塊が放たれてヴルムに襲い掛かるが、その前にズメイが割り込んで大楯で瘴気を防いだ。

クトーは完全に意識が逸れているデスマスクの死角に回り込むと、ギドラの押さえつけた尾を偃月刀で断ち落とす。

『グゥ……ッァア！』

それだけの損傷を受けてなお、魔族は瘴気を圧縮して地面を踏み鳴らしながら反撃してきた。

足を中心に、円状に広がる瘴気の衝撃波。

凄まじい勢いで地面を削り取りながら、味方であるはずのゾンビたちすら巻き込むほどの規模で発生したそれを、クトーの目の前にいたギドラが両腕を突き込んで左右に裂く。

「クトーさん、いけるっすか!?」

「ああ、助かった。十分な隙だ」

クトーはギドラの頭を飛び越えて、衝撃波の向こうへ飛び込んだ。

そこに、同様にヴルムが裂いたのだろう波の隙間から突入したリュウの姿が見える。

「おそらく肉体を分け、【魂の台座】に関する何らかの技術を応用することで、自身の魂をこちらの影響から守っていたのだろうが」

「流石にその体を粉微塵にしちまえば、この異空間にゃ干渉できなくなるよなぁ？」

『忌々しい……たかが人間の分際で……ッ！』

「おぉ、そうだよ」

リュウがニヤリと笑いながら、真正面から膨大な竜気を込めた大剣を振り上げる。

他者を見下し利用するだけの者に、仲間や絆などというものは決して理解できないだろう。

「俺たちは俗物であるがゆえに、お前に勝るのだ」

クトーはロット・デスマスクの背後で、同じく膨大な魔力によって聖属性を与えた偃月刀に両手を添え、地を這うように大きく足を開いて体を捻った。

守るべき者、並び立つ者が存在するからこそ、人は強い。

「お前が負ける相手は、阿呆な冒険者どもを束ねてるただのお山の大将と――――」

「――――そこでこき使われている、ただの雑用係だ」

そうして。

正面からリュウに袈裟斬りに、背面からクトーに斬り上げられたロット・デスマスクは。

断末魔の声すら上げることなく、真竜武器二振りの威力によって瞬時に消滅した。

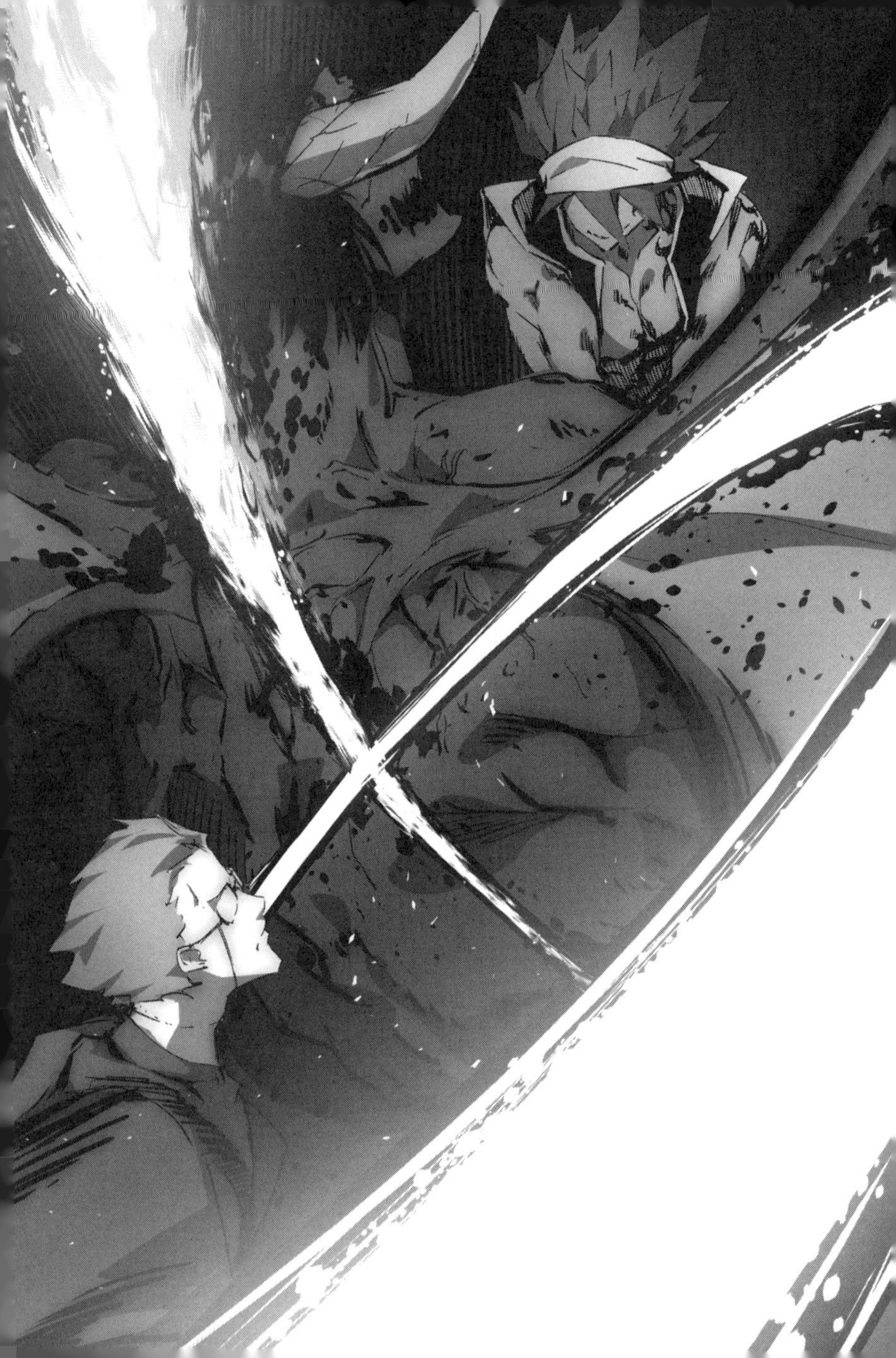

魔族が消滅した途端。

生まれ続け、蠢き続けていたゾンビたちがピタリと動きを止めて、一斉に土塊に還った。

シン、と戦場が静まり返った直後に、地鳴りが始まった。

「異空間が崩壊するぞ。全員、ズメイの周りに集まれ」

クトーら四人は、ミズチやダリたちへの衝撃波を防いでいた重戦士の近くに移動する。

チラリと他に目を向けると、ハイエンド・ドラゴンゾンビを覆う結界をミズチが、クトーの張った結界をダリがさらに強化しているのが見えた。

ゴゴゴゴゴ……と高まる地響きとともに、地平線の向こうから地面が崩壊してゆき……やがて校庭以外の全てが消滅すると、クトーは軽い滑落感を感じた。

しかしほんの一瞬でそれは収まり、まばたきの間に世界が元に戻る。

違うのは、曇天だった空が再び晴れて赤い日差しが強く校庭を照らしたことだった。

眩しさに軽く目を細めると、地面に大楯を突き刺したズメイが、ガシャ、と兜の顔部分を上げる。

「意外とどうにかなったスね」

「クソ野郎の悪あがきのせいで、腕が痛ぇよ」

「あ〜、ダリィ」

ギドラが両手を振りながら顔をしかめ、ヴルムが首に手を当ててぐるりと回す。

真竜の偃月刀をしまいながら、クトーが同じく無事だった他の面々に目を向けると、ダリが微笑みを浮かべながらアッチェたちに問いかけていた。

「どうです？　世界最高峰パーティーの戦闘は勉強になりましたか？」

「レベルが違いすぎて何の参考にもならねーよ！」

最初見たときは随分とダリに対してよそよそしかった彼は、砕けた口調で答えを返す。

「ま、死地には少し慣れたでしょう。久しぶりに肝が冷えましたし」

さらりと言ったダリは、座り込んでジッと一点を見つめている少女に気づいて笑みを消した。

「メイさん？」

ル・フェイに背中を撫でられながら微動だにしないメイに、クトーは歩み寄った。

すると、レヴィが声をかけてくる。

「あのドラゴンゾンビがリュークっていうのは、本当なの？」

「ああ」

クトーは彼女に頷きかけて事情を説明し、メイに向き直って謝罪を口にする。

「すまなかった。リュークを救うことができなかったのは、俺の落ち度だ」

「……メイは、バカじゃないですよ～」

そこでようやく、ボソリと呟いたメイは、涙の筋を頬に伝わせながら唇を噛んだ。

「クトーさんたちのせいじゃないことくらい、分かります～」

「だが、もし俺が休暇に出かけなければ、この街で連中が暴れることはなかっただろう」

「悪いのは、リョーちゃんやリュークをさらった魔族です～！」

涙を拭ったメイは、そのままクトーとレヴィの顔を見上げる。

「リュークの体は、どうするんですか～？　それに、お爺ちゃんの魂は……」

「それに関しては手がある」

ドラゴンゾンビの頭上を見ると、そこにはあぐらをかいたトゥスが浮かんでいた。

「トゥス翁。救えそうか？」

『ヒヒヒ。翼竜の魂が頑張ってる間に、あの魔族の影響が消えたからねぇ』

キセルをふかした仙人は、ニヤリと笑いながら煙を吐く。

『バラウールん時と同じように話すかい？』

「頼む」

「……話す……？」

ル・フェイの訝しげな声に、クトーは立ち上がろうとするメイに手を差し伸べながら答えた。

「トゥス翁が、コウン翁の意識を呼び覚ましてくれる。時間は少ないが」

「お爺ちゃん……と、話せるんですか～？」

「ああ」

前に出るように促すと、メイは肩の上にいる幼竜の背中を軽く撫でてから立ち上がる。

ミズチは下がり、少女の横にクトーと、頭の上で指を組んだリュウが並んだ。

直接関わりがあるダリやアッチェ、ル・フェイなども集まってくるが、少し離れた位置で取り巻くように立ち止まる。

『もういいかい？』

言いながら、トゥスがトン、とキセルの先でドラゴンゾンビの頭を叩くと、世界樹の蔦によって無力化されていた魔物が軽く震えた。

白目を剝いて赤く染まっていた目が軽く戻り、その瞳に知性の色が浮かぶ。

仮面が剝がれ落ち、元のワイバーンに近い形に戻ると、肉声とは違う声が小さく響いた。

『メイ、か……？』

ワイバーンはゆっくりと視線を巡らすと、少し楽しそうに続ける。

『他にも、知った顔が揃っておるのう……』

「お、爺ちゃん〜……！」

両手で口元を押さえたメイに、コウンは優しく語りかけた。

『もう一度、こうして顔を見て話せるとは思わなんだ』

「コウン翁。お亡くなりになったことを知りもせず、不義理をいたしました」

『構わんよ…… 若者は忙しかろうて。ましてお主はいつでも動き続けておる。違うかの？』

「全くその通りだよ、爺さん。今だって休暇の途中だってのに結局休んでねぇからな」

リュウの言葉に、コウンは小さく喉を鳴らす。

『さもありなん。クトーらしい話よの』

「……恐縮です」

　褒められているのか呆れられているのか……よく分からなかったが、あまり無駄話を続ける時間もないのでクトーは話を先に進めた。

「聞かせていただけますか？　なぜ死の間際に、首輪に魂を留め置いたのか」

『それについては、ごく普通の理由じゃよ。儂はお主らと違って英傑などではない……孫娘の行く末を、少し心配した。それだけの話じゃ』

「メイのため……ですか～？」

『ほほ。元々竜騎士は、自らの命尽きても永く愛竜に寄り添うものよ。儂はほんの僅かの時間、孫の近くにいるために、リュークに少しわがままを通させてもらったんじゃ、が』

　コウンは、竜の瞳に悲しげな色を浮かべて声の調子を落とす。

『……おかげで、酷い目に遭わせてしもうたの』

「経緯をご存じなのですか？」

『外の様子は、感じておったよ。かといって何ができるわけでもない身ゆえな』

　苦労をかけたの、と言うコウンに、クトーは首を横に振った。

「受けた恩を思えば、さほどの事ではありません」

　そうして旅の間に起こったことと、コウンが知り得なかった現状を軽く説明すると、コウンは深くため息を吐いた。

『なるほどのう、バラウールも死んだか……』

「はい」

『奴を生き返らせる為に【魂の台座】が必要ならば、すぐにでも譲ろう』

「……よろしいのですか？」

『儂の死は寿命じゃ。どちらにせよ、リュークがおらねばこの世に残り続けることは出来んしの』

「お爺ちゃん……」

涙声の孫娘を、コウンはまっすぐに見つめる。

『のう、メイ。もう一度お主の顔を見れて良かった。そして儂には一つだけ心残りがある。それを伝えさせてくれるかの？』

「何ですか〜？」

メイが身を乗り出すと、コウンは慈しむように告げた。


『――歌っておくれ』


「え……？」

『儂は、メイの歌声が好きでのう。あの首輪を渡して礼の代わりに歌って欲しかったんじゃが……叶わなんだからのう』

「歌……」

『当主に歌魔法を禁じられたことで、メイは歌うことそのものをやめてしもうた』

　メイがその言葉に顔を伏せる。

「ごめんなさい～！」

『謝らずともよい。これは儂の、ただのワガママじゃ。……孫娘の歌声で、送っておくれ』

「……わ、わかりました～！」

　じわ、とまた目尻に滲ませた涙を拭い、少し緊張した面持ちでメイが周りを見回すと、リュウがニヤリと笑ってカバン玉からチェロを取り出す。

「海のを、もう一回やりゃいいんだろ？　爺さん、耳が遠くて聞こえなかったみてーだからよ」

　湿った空気を払いのけるようにコウンをくさしたリュウに、クトーはチェロを取り出しながらため息を吐く。

「もう少し死者に敬意を払ったらどうだ？」

『話せる他人を目の前に、死者呼ばわりするお主も大概じゃよ、クトー』

「……確かに、仰る通りかもしれませんね」

　クトーは死んでも変わらないコウンに、小さく微笑みかけてからリュウに目配せをする。

　するとメイが、少し慌てたようにレヴィたちに目を向けた。

「れ、レヴィさんとル・フェイも一緒に歌いましょう～!?」

「……疲れすぎて、ちょっと無理……」

「私はいいけど……」

　困ったように眉根を寄せながらも足を踏み出した少女に、コウンが話しかけた。

『そこのお嬢さんは？』

「新しいメイドのメンバーです。見込みがあります」

『ほっほ。クトーに見込まれたか。それは将来が楽しみな逸材じゃの』

「え、あの……ありがとうございます」

水を向けられたレヴィが戸惑ったように礼を言うと、コウンが小さくうなずく。

『素直で可愛らしい。クトーの将来の伴侶かの？』

「んな⁉」

「伴侶とは？」

レヴィが真っ赤になった理由が分からず、クトーは眉根を寄せて首をかしげた。

『おや、違《ちご》うたか。それは失礼したのう』

「変わらねーな、爺さん。……それじゃーな」

『うむ。リュウも達者での』

クトーがリュウと息を合わせて前奏を奏でると、二人の少女が腹に手を当てて体で軽くリズムを取り始める。


――『果てなき旅路』。

少女らの歌声が響き始めると、ミズチが少し間を置いて世界樹の杖に祈りを捧げ始めた。

コウンの……リュークだったドラゴンゾンビの体を這う蔦から浄化の力が優しく広がり、少しずつ塵に還っていくのをクトーは目に焼き付ける。

微睡《まどろ》むように穏やかに、コウンがメイに語りかけた。

『のう、メイ。儂はの、無理に、お主は竜騎士にならずともよいと思っておる……』

「……！」

『儂は、メイの歌が好きじゃよ……リョーと共に在るのは、竜騎士でなくとも術があろう。そのくらいの融通を利かせてくれる男たちが、そこにおるしのう……』

歌い続けていて返事ができないメイの代わりに、リュウが演奏の手を止めないまま答える。

「まぁ、爺さんの頼みならな」

クトーも、顎を軽く引いて了承の意思を示しながら考えた。

ワイバーンを所持することそのものは、何も竜騎士でなくともある程度力のある商人であれば認められている。

メイを【ドラゴンズ・レイド】預かりの冒険者として、ギルドに魔物使いとして登録する方法もあった。

『クトー……娘に断りもなく勝手に死んだ馬鹿者《バラウール》は、生き返ったら儂の代わりに一発殴っておいてくれるかの……』

「分かりました」

歌が終わりに近づいてくると、トゥスが半分以上塵に還ったドラゴンゾンビに向けて揶い上げるようにキセルを振った。

　ふわり、ふわりと浮かび上がったのは、二つの魂。

　優しく青い燐光を放つものと、それを守るように寄り添った少し黒ずんだ緑のもの。

『翼竜はよく頑張ったねぇ。後はわっちに任せておくさね』

　優しく魂を離して自分の前に浮かばせたトゥスは、キセルを吸って煙を吹きかける。

　すると、魂は解けるように七魂八魄に分かれて世界の中に散っていった。

『ヒヒヒ。これで、無事に天地の輪の中に還ったはずさね』

「そうか」

　演奏を終えたクトーは楽器をしまい、死体のあった場所に足を向ける。

　残った【魂の台座】を持ち上げて、中に収められた首輪を取り出すと嗚咽をこらえてレヴィに背中を撫でられているメイに渡した。

「これで、依頼は完了だ」

「あ、ありがとうございますぅ～！」

「キュイ！」

　深く頭を下げるメイの肩から飛び立ち、リョーちゃんが嬉しそうに鳴き声を上げる。

　返した首輪を幼竜に巻く彼女をクトーが満足しながら眺めていると、後ろで声が聞こえた。

「で、クトーさんとリュウさんが同時に殺したって、これ賭けどうなんの？」

「どうなんスかね？」

「チャラか？　それはそれでダリィな」

するとそんな三バカのやり取りに、楽しそうなジクが割り込む。

「ヌフン。掛け金はボクちんの総取りだよぉ」

「何？　どういう意味だ!?」

リュウが焦った声を上げると、不気味に笑うゴーレムマスターはミズチに目を向けた。

「ねぇ、ミズチ。君は聞いてたよねぇ？」

「そうですね。確かにジクさんは最初、クトーさんとリュウさんが同時にトドメを刺す、と宣言して皮袋を放り投げておられました」

「おい、ふざけんなよミズチィ！　それ本当か!?」

「あらリュウさん。私、嘘はつかないですよ？」

「事実を言わないことは多いがな」

涼しい声でリュウに告げるミズチに突っ込んだクトーは、拾い上げた皮袋をまとめてジクに向かって放り投げた。

「お前の一人勝ちだ。一番美味しいところを持っていったな」

第十章　休暇の終わり

「お世話になりました〜！」

港町オーツの門まで見送りにきたメイは、晴れやかな顔でクトーたちにぴょこんと頭を下げた。

「結局、学校はどうするんだ？」

「通い続けますよ〜！　お爺ちゃんはああ言ったけど、身を守る力は必要だと思ったので〜！」

ほわほわとしているようで、芯の部分はしっかりしている少女だ。

「戦ってたクトーさん、すごくカッコ良かったですし〜！　メイもあんな風になりたいです〜！」

カッコいい、というのはどういう意味だろう。

シャラリ、とメガネのチェーンを鳴らしながら首をかしげたクトーだったが、キラキラと目を輝かせるメイが可愛らしいのでどうでも良くなった。

すると、レヴィが横で脇腹をつついてくる。

「顔がニヤけてるわよ」

「む？」

言われて思わず顔に触れたが、特に口元が緩んでいる感じはしない。

「ウソよ。やっぱりまた妙なことを考えてたわね」

「別に考えていないが」

ただメイを可愛らしいと思っただけである。

しかしなぜかこの手の思考をした時は、レヴィに見抜かれる率が非常に高い気がした。

「……うふ……嫉妬……三角関係……」

「お前はその他人で妄想するクセ、いい加減どうにかしろ」

メイについてきたル・フェイの言葉に、別枠で現れたアッチェがつまらなそうに鼻を鳴らす。

「妄想……？　憧れが恋心に変わることは、あると思うけど……」

「いいからやめろ」

アッチェが本気で嫌そうな顔をしているのを見て、同じように不機嫌そうだったレヴィが八重歯を見せて意地悪そうな笑みを浮かべた。

「ねえ、アッチェってさ、もしかしてメイのこと……」

「おいド貧乳。それ以上言ったら叩きのめすぞ」

「ッ最後までデリカシーがないわねこの七光り！」

「お前が言うな！」

そのまま言い合いが始まるかと思ったのだが、二人は睨み合っただけだった。

「……俺は王都で竜騎士隊に入る。そのうちお前なんか相手にならねーくらい強くなってやるからな。見とけよ、レヴィ」

「せいぜい頑張りなさいよ。そのうち、なんて悠長なこと言ってる奴に負けないわよ、アッチェ」

「二人とも、こんな時まで喧嘩はやめてくださいよ～！」

「……アッチェとレヴィの三角関係もアリかも……」

「良く分からないこと言ってないで、ル・フェイも止めてくださ～い！」

ワイワイと騒がしい四人を見ながら、クトーはアゴを撫でる。

「何考えてんだ？」

リュウが眠たげにあくびをしながら問いかけてくるのに、クトーは軽く目を細めて手を下ろした。

「いや。仲間というのは、良いものだからな」

「あん？　……あぁ、そういうことか」

リュウがニヤリと笑いながらうなずく。

やはり同世代の者たちとの交流は、レヴィには良い刺激になったようだ。

それぞれに見込みがあるので、末長く友人として過ごせる相手と出会えたのかもしれない。

「レヴィ、行くぞ」

楽しそうな少女たちの姿はいつまでも眺めていられるが、休暇はもう数日しか残っていないのだ。

「もし一日でも王都に帰るのが遅れたら、次の月も一割減俸だ」

「よしクトー。絆転移するぞ。手伝え」

「緊急時でもないのにポンポン使うわけないだろう、バカが」

「んなら最悪、俺だけ竜化して飛んでいくわ」

そんな大人気ない勇者に、三バカが口々に声を上げる。

「ちょ、リュウさんそれナシっすよ！」

「ダリィ……歩くのもダリィがカネが減るものダリィ……」

「レヴィ、そろそろ行くスよ！　ジブンらの給料がピンチなんス！」

クトーはこちらを見た少年たちの顔を最後に見回すと、小さくうなずいた。

「また、機会があれば会おう」

するとニ人は目を見交わして整列すると、軍式の敬礼をしながら声を揃える。

「「ありがとうございました！」」

「じゃーなー」

リュウが頭の後ろで手を組みながらさっさと三人に背を向け、三バカも短い挨拶をして後に続く。

「またね！」

クトーは、満面の笑みで大きく手を振るレヴィと共に踵を返した。

敬礼のまま見送る三人の姿が見えなくなったところで、少女がこちらに話しかけてくる。

「そういえば、ミズチさんは？」

「サピーと共に先に帰った」

一応、彼女からはフシミの街に寄って欲しいと言伝を預かっている。

その理由も分かっていたので、街に着いて夜にサピーの家を訪れると、寝間着姿の彼女がニコニコと出迎えてくれた。

「……ちょっとクトー」

「どうした？」

「なんでサピーさんが着ぐるみ毛布着てるの？」

「俺が贈ったからだが」

冷たい半眼で言うレヴィに、クトーはごく当然のことを告げる。

「今から、お前も着て構わないぞ」

「何でそうなるのよ!? 嫌に決まってるでしょ!?」

「え〜。これ可愛いじゃないですかぁ」

「そうだろう」

可愛らしいことは良いことなのだが、レヴィはこちらの物言いを黙殺した。

そういうところは相変わらず頑なな少女である。

サピーは紅茶を淹れてくれたあと、奥からいそいそと何かを取り出してきた。

「これが、お父さんの形見になったものですぅ」

「腕輪か？」

「腕に嵌めて切れた時に願いが叶う、と言われている手編みのやつですぅ。お父さんが、前に顔を合わせた時に贈ってくれたものなんですけどぉ」

糸で編まれた幅広のそれをかざしながら、サピーが、笑みを少し困ったようなものに変えた。

「これ、編んだ人の願いを叶えるものなんで、人が編んだのだと意味がないんですよぉ」

「……言っては悪いが、間抜けな話だな」

「ああ、バラウールってちょっとそういうところあるわよね」

「せっかくくれたのにそんなこと言い出せなかったのでー……つけても良かったんですけど、切れちゃうの嫌だなー、と思って仕舞ってたんですぅ」

「願いが叶う、か……」

「もし、私がこれに願いを込めるとしたら」

サピーはクトーにそれを手渡しながら、軽く丸メガネの縁を押し上げる。

「お父さんとの、再会を願いますぅ」

ほんわかとした様子ながら気丈な彼女に、クトーはその目を見つめながら答える。

「分かった。必ず叶えよう」

「そんな安請け合いしちゃって良いの？」

「コウン翁からも殴り倒すように頼まれているしな。出来ません、は通らんだろう」

それから少しだけ雑談をした後、クトーはレヴィとともにサピーの家を後にして、宿に戻る。

「ついに王都なのね」

「ああ」

ポツリとレヴィが漏らした一言に、クトーはシャラリとメガネのチェーンを鳴らしながらうなずいた。

「王都に戻れば、休暇は終わりだ」

クトーらが、ロット・デスマスクを始末した日の夜。

その男は、廃坑の前にある高台でオーツの街を見下ろしていた。

どこにでもいるような、平凡な容姿の少しふくよかな男。


――死んだはずの、サムである。


月明かりと闇の中、遠いオーツを眺める彼の足元から、音もなく一つの人影が姿を見せた。

彼は、片膝をついた姿勢で深く頭を下げる。

「ただいま戻りました」

「うん。彼らの腕前は健在のようで何よりだね」

彼は、満足そうにうなずいた。

サムは、クトーたちに倒されたふりをした後、共鳴の魔法によって一部始終を見届けていたのだ。

「負けを演出するのも、二度続くと面白くはありません」

「君は強い相手との力比べが好きだからねぇ」

【ドラゴンズ・レイド】と相対した時とは違う子どもっぽい口調で言ってから、サムはエイトに向かって楽しそうに笑いかけた。

「でも、楽しい遊びだった。色々と収穫もあったしね」

「山に座していた仙を名乗る獣、歓楽街で受け継がれた古き血筋、先代勇者の秘密を持つ貴族……」

「そちらに関しては、気取られてはいないよね？」

「おそらくは。滞りなく準備も終えました」

「では、次の遊びに移ろう。今度は本腰を入れてね」

サムは、これから先起こることに想いを馳せながら口の端をさらに吊り上げる。

「力を取り戻すまで、適当に破滅を眺めて遊ぶつもりだったけど、いいタイミングで姿を見せてくれたよねぇ……おかげで、今は何倍も楽しいよ」

彼は、人間という存在に興味があった。

中でも今は、クトー・オロチという男に。

「縁とは不思議なものだよね。世界に定められた規律の中でも好ましい部類だよ」

振り向いたサムに、エイトは頭を上げて問いかける。

「彼らに対して、恨みを抱いてはおられないのですか？　――魔王様」

「おや、なぜ？」

不思議そうに首をかしげる彼に、エイトは淡々と答える。

「仇敵の強さを、どこか、嬉しがっているように見えますので」

「そうだね……うん、僕は彼らを恨んではいないな。それどころか、クトーには感謝してるんだ」

まるで愛しむかのように柔和な笑みを浮かべて、サム……魔王は言った。

「僕はね、エイト。永い時を生きてきた。幾度となく女神に祝福された勇者と対峙し、それに倒されることを繰り返してね」

それが魔王に与えられた役割だった。

しかしその役割を定めたのは、神ではない。

「神すらも、己に与えられた役割を遂行する存在に過ぎない……そして神同様、生まれ落ちた時から課せられた、不滅の魂を以て魔族や魔物を率いる役目を僕も疑うことはなかった」

魔王は、再び街の灯りに目を戻す。

「クトーに会うまでは、ね」

しかし課せられた役目に、飽いていたのは事実だ。

「繰り返される連鎖は、僕にとっての『生きる意味』ではなかった。それはただの日常だったからね。でもクトーが神の規律に打ち勝った時に、思ったんだ」

あの時、死に向かう肉体は動かせなかったが、その不滅の魂で魔王は感じていた。

ただの人間が放った、己という存在を強烈に主張した言葉を、その姿を。

「――『己の望みは、神の定めたクソみたいな規律を含む、ありとあらゆる全てに優先する』」

魔王は、生まれ落ちて初めて、感動したのだ。

まるで視界が晴れるような、それは素晴らしい体験だった。

ティアムも……あの自分と対となる存在として役割を果たしていた女神も、おそらくは同じ気持ちだっただろうと、容易に想像がついた。

だからこそクトーを認め、聖騎士《パラディン》への祝福を拒否されても、それを喜びこそすれ気分を害することなどなかったに違いない。

「役割に従う必要などないんだと。己の道は己で定めていいんだと……クトーは僕に教えてくれた」

もし、それを勇者が口にしても。

あるいはティアムが口にしても。

その言葉は、魔王の心を動かしはしなかっただろう。

役目を持たず、自ら役目を掴み取った、ただ魔力が強いだけの人間。

クトー・オロチがそれを口にしたからこそ……あの言葉には、意味があったのだ。

「そう、良いんだ。魔王としての力を取り戻すまで大人しくしている必要もなければ、なんなら、魔王として再誕しなくてもいい。僕はただ、自分の心のままに……」

ひどく無邪気な笑顔で、彼は……人の内に生まれ堕ち、瘴気を蓄え続けて再誕を待つ魔王は詠う。

「――世界を荒らし、絶望や怒りを愉《たの》しみ、踏みにじるだけでいい」

無垢なる魔王は、うっとりと、そう口にした。

「邪魔をされることすらも愉しもう。自分を殺す相手を座して待たなくてもいいんだ。謀略を、血肉を撒き散らす闘争を、自ら求め、愉しんで良いのだと……クトーは、僕に教えてくれた」

エイトは沈黙をもって応えたが、彼の口もとにも凶悪な笑みが浮かんでいた。

魔王は、くるりと踵を返して歩き始める。

「さ、行こうか。今までは、ただ魔物を暴れさせ、魔族に全てを任せていたけど」

立ち上がって後ろに従うエイトに、魔王はウキウキした様子でこれからのことを語った。

「今度は積極的に人の絆を引き裂き、勇者やクトーとの闘争を存分に味わうために……王都へ」

「御意」

そうして自らの『役割』を与えられたものではなく、己のものとした人ならざる者は。

従者とともに、静かに闇へと消えた。

「もう限界だ！　お前マジでふざけんなよ！」

クトーがパーティーハウスの大広間で今後のスケジュールに関する説明をしていると、リュウがいきなり吼えて立ち上がった。

「む？」

顔を上げて首をかしげると、レヴィ以外の残りのメンバーが目の下に隈をこさえてげっそりとした顔をしている。

今ここにいるのは、緊急時に備えてハウスに詰めている待機組だけだった。

ズメイ、ギドラ、ヴルム、そしてリュウとレヴィである。

「なんだこのスケジュール！　殺す気か！」

バン、と長机を叩いたリュウの言葉に、クトーは彼の怒りの理由を理解した。

どうやら休暇を終えて帰還したクトーが立てたスケジュールに、不満があるようだ。

が。

「一ヶ月も休んだんだから当然だろうが」

クトーはメガネのブリッジを押し上げて即座に言い返した。

休暇分の収入を取り戻すためのスケジュールである。

装備の整備費用もタダではない上に、休みの間にこの場にいる自分を含めた六人は散々装備を使用したので確実にメンテナンスが必要だった。

金を使いまくって給料前借りを望むメンバーも予想通りに多かった。

前借りの条件として申し出たメンバーの休みは半分に減らした。

しかしそんな状態で大型の依頼を受けると、体調に差し障りが出るために増やせない。

その為、あまり遠出をせずに王都周辺で出来る細かな依頼を増やし、経費を抑える方向でスケジュールを組んでいたのだが。

「だからって一日に二つも三つも依頼突っ込むんじゃねぇ！」

「こなせる分量で考えているが」

「ああそうだな、依頼はこなせるな！　代わりに達成書作りが三倍に増えてるけどなぁ⁉」

リュウが何を怒っているのかさっぱり分からず、クトーは首を傾げた。

「書類が三倍に増えるだけだ。大した手間でもないだろう？」

「いやちょっと待って欲しいっす！」

「帰ってくるの遅い上に、ダリィ仕事が増えてんすよ……」

「待遇改善を要求するス！　ジブン、受けるのデカい依頼でいいんで書類仕事減らしたいス！」

「駄目だ。体調を崩したらどうする」

「「「精神的疲労も考慮しろよ！」」」

書類仕事が増える方がどう考えても楽なんだが。

かすかに眉根を寄せてアゴを指で挟んだクトーに、リュウがさらに言い募る。

「大体、今まで儲けた金と休暇中の依頼の報酬もあんだろ⁉」

「旅館で出た報酬は俺個人の金で、強盗犯たちに関する報酬はミズチにもジクにも分け前を渡したので大した額は残っていない」

そもそも、その程度の依頼で足りるほど安い装備を使っているわけではない。

メンバーも稼いでくれた報酬も大切にするが、それゆえに休んでいる間の補塡分をプール金から出すつもりはさらさらなかった。

「休んだ分は取り戻す。もう二ヶ月減俸してもいいなら、依頼を減らすことも考えるが」

「この鬼め！」

「自業自得だろうが」

リュウが、頭を抱えてわしゃわしゃと掻き回した。

「だー、もう！　この融通のきかねー仕事バカが！」

「なんか、困ってるみたいですね」

新規に見習いとして入り、自分の生活費を稼ぐだけで良いレヴィがのほほんと言うのに、リュウが死んだ目を向ける。

「このままだと過労死する……」

「大げさだな」

そうならないように、きちんと取りはからっていると言っているのに。

レヴィは、んー、と視線を天井に向けてから、リュウに小さく笑みを浮かべて見せた。

非常に可愛らしいが、出会った頃のような腹黒さを感じるそれである。

「リュウさん、休みたいのよね？」

「ああ。出来ればな。というか切実にな！」

「じゃ、私が説得したらこの装備の借金肩代わりしてくれる？　支払い期限も利子もないんだけど」

レヴィが腰の【毒牙のダガー】を叩きながら、逆の手でそばに置いてある胸当てを撫でた。

「……出来るのか？」

無言で笑みを深くするレヴィに、リュウはしばらく考えてからうなずいた。

「よし、ノる」

「毎度あり！　ねぇ、クトー？」

「なんだ」

レヴィは、どこか生き生きとした様子で言葉を続ける。

「クトーってさ、基本的に休み取らないのよね？」

「必要ないからな」

「じゃあさ、もし仮に他の人たちがクトーのスケジュール無視して、休みの日も働いたらどう思う？」

「体を休めなければ任務に支障が出るので、警告するだろう」

「そうじゃなくてさ」

レヴィは、こちらの胸に細い指を向けた。

「クトー自身はそのことについて、どう思うの？」

問われて、クトーは軽く目を細める。

「……心配する、と思うが」

仲間が体調を崩しては、そもそもクトーがスケジュールを管理する意味がないのだ。

レヴィは、その言葉に大きくうなずいた。

「だよね。それが分かってるから、リュウさんたちはもし自分が平気だと思ってても休むわよね。それはクトーを信頼してるからだし、仲間だと思ってるからだと、私は思うんだけど」

「そうかもしれんが、それがどうした」

しかしレヴィが何を言いたいのか、クトーには分からない。

相手が自分のことをどう思っているかなど、あまり気にしたことがなかった。

仲間たちさえ健康に楽しく生きていればそれでいいからだ。

ゆえに。


「だったら、クトーが休まなかったら皆も、あなたと同じように心配すると思わない？」

レヴィの続けた言葉に、クトーは自分でも珍しいことに思考が停止した。

自分が思うのと同じように、仲間たちが。

「……強引に休めと言い出したのは、もしかしてそういう理由なのか？」

すると、三バカが次々と口を開く。

「気づいてなかったんっすか!?　言ってましたよね、俺ら、ちゃんと！」

「ダリィ……マジダリィ……この人なんで自分のことに関してはこんな鈍いんだよ……」

「ジブン、今までも散々思ってたスけど、クトーさんって天然だと思うス」

しかしそんな三人を無視して、レヴィはジッとクトーを上目遣いに見つめながら話を続けた。

「私はさ、体力的に平気でも休む、って、そういうことだと思うんだけど」

「……一理あるな」

「何ぃ……!?」

クトーの言葉になぜかリュウが息を呑んだが、レヴィはそれも無視してさらに続ける。

「でさ、今クトーが休めないのって、同じように事務仕事できる人がいないからっていうのと、クトーが人に任せなくても出来ちゃうから、だと思うんだけど」

「それが？」

「だったら、誰でも出来るように皆を教育したらいいんじゃないの？」

「事務仕事に関しては一通り教え込んでいる」

「自分の分だけ、でしょ？　クトーみたいにスケジュールを管理して、きちんと装備品や備品の交渉を全員分やったことある人は？」

「……いないな」

「じゃ、クトーが次にやるべきことってそれなんじゃない？」

レヴィは、大きく手を広げた。

「畑仕事って全員でやれば早く終わるじゃない？　その分休めるし。事務仕事も一緒じゃないの？」

それはかつて、リュウにかけられたのと同じ言葉だった。

クトーは、レヴィに対して何度かうなずく。

「言っている意味は分かる。だが、それでは仕事が一時期滞るだろう」

「当たり前じゃない。私多分、今ならラージフットくらいは余裕で倒せると思うけど、クトーに会ったばっかりの時は出来なかったわよ」

「そうだな」

「でも、あなたはきちんとスケジュールを組んで、私に倒し方を教えながら成長させてくれて、ちゃんと予定通りに王都に戻ってきたんじゃないの？」

「それが休みを減らして依頼をこなすのをやめるのと、どんな関係がある？」

「休んだ分のお金を取り戻す期間を延ばしたら？　今、一ヶ月分の遅れをなるべく取り戻そうとしてるから無理が出そうになってるんでしょ？」

単にリュウたちが泣き言を言っているだけで、無理なスケジュールではないのだが。

しかしそういう話ではなさそうなのでクトーは先を促した。

「それで？」

「期間を延ばす代わりに事務仕事出来る人を育てて、クトーが休んだり自分も依頼に出れるようにしたら、もっと効率良くなるんじゃないかなって話」

さらに、レヴィはちょんちょん、と自分の頬をつつく。

「そうすれば、今あんまり出来てない私の訓練も、進むと思うのよね」

後回しにしていた課題の一つを提示されて、クトーは眉根を寄せた。

確かに年間予算を取り戻すことを優先してしまっている現状、レヴィの訓練は出来ていない。

「私を一人前にしてくれるんでしょ？　だったら、早く時間を作れるようにしてくれなくちゃ。

……クトーなら、出来るんじゃないの？」

そう言って悪戯っぽく笑うレヴィに、クトーは微笑んだ。

この少女は、とびきり可愛らしい表情で非常に合理的なことを言ってくれた。

「受け入れよう。俺の休暇もスケジュールに組み込み、新たに事務も出来るように全員教育し直す」

クトーがうなずくと、リュウが震える声でつぶやく。

「ま、マジで説得しやがった……!?」

「覚えるのはリュウ、まずお前からだ。依頼スケジュールを組み直して、明日から始める」

「何ィ!?」

「それと、レヴィの装備はムラクお手製だ。そこそこ値が張るが、お前にツケ直す」

「何だと!?　レヴィ、てめぇまさか……！」

レヴィは肩をすくめて小首を傾げた。

「えへへ。旅館を焼いちゃった借金もあって、ちょっと辛かったから助かります、リュウさん♪」

「謀りやがったな!?」

「承諾したのはお前だろう」

まるでレヴィが悪いかのような物言いをするとは、どういう了見だろうか。

「俺が事務仕事苦手って知ってんだろうが!?」

「関係あるか。そもそもパーティーリーダーが経理の事情を知らんのが問題なんだ。良い機会だ」

「完全にやぶ蛇だぁああああああ!!」

再び頭を抱えたリュウの絶叫が、パーティーハウスに木霊した。

「おまけ　過去と未来と、日常と。」

「……立てこもりだと？」

クトーがそう言って眉をひそめるのを横目に見ながら、レヴィもリュウに問いかけた。

「何で、リュウさんがそんな話を持ってきたんですか？」

レヴィとクトーは、パーティーハウスのドアを入ってすぐの大広間にいた。

仲間の高ランク装備点検のやり方を習っている最中に、リュウが『立てこもっている強盗がいる』と駆け込んで来たのだ。

「街中の犯罪を取り締まるのは、憲兵の仕事じゃないの？」

「放っといたらマズいんだよ」

レヴィは問いかけたが、リュウは少し急いでいるようで返事がおざなりだった。

「トゥスはいるか？」

『ヒヒヒ。何か用かね？』

ゆらりと姿を見せたトゥスにリュウが何かを言う前に、クトーがいつもの無表情で口を挟む。

「状況を説明しろ」

「強盗に、商家の女の子が人質に取られてる。悲鳴を聞いて最初に事件に気づいた憲兵が、ヘマやらかしたんだ。強盗は捕まらなかったが逃げられなくなって店を占拠してる」

クトーは、リュウの言葉を聞いてアゴに指を添えた。

レヴィは『女の子を人質に』という言葉を聞いて、リュウが苛立っている理由を悟る。

その状況なら、レヴィも苛立ちを覚えるだろう。

「なぜ、お前が気づいた」

「近くをブラブラしてた。悲鳴を聞いて現場に行ったが、ギルドよりこっちのが近かったからな」

「そういうことか。……分かった」

「どういうことよ?」

クトーは全て察したようにうなずいたが、レヴィには意味が分からなかった。

尋ねると、壁際の棚に近づきながら説明してくれる。

「人質の命が危ないんだろう。憲兵は人質がいればとりあえず包囲を選択するが、事件の早急な解決に動く可能性もある。その場合、取る手段は強行突入だ」

彼が棚から取り出したのは、水差しと盆だった。

振り向きながら、ただの事実を口にするようにクトーが淡々と言う。

「その場合、人質の命は保証されない」

「だから助けに行くのね?」

「ああ」

クトーは、取り出したものをテーブルに置いた。

何に使うのかとレヴィが思っていると、クトーは続いて、カバン玉から別のものを取り出す。

金属の箱と、発火用の宝珠だ。

トゥスがキセルの煙を吐きながらそれを見て、器用に片方だけ丸い眉を上げた。

『葉巻かい？』

「巻いてあるのは魔薬だ」

クトーは振り返るとトゥスに言い置いて盆と水差しを机に置き、説明を続ける。

「ギルドと国は上層では協力関係にあるが、現場では仲が悪い。そもそも、犯罪を起こす者の中には冒険者も多く含まれるからな」

ギルドの暗殺部隊を動かせれば人質の安全を確保したまま殲滅出来るが、要請するにも時間がかかり反発もある、とクトーは続けた。

冒険者といえどもピンキリだ。

【ドラゴンズ・レイド】のような救国の英雄も、デストロ達のようなチンピラまがいの者も、同様に冒険者と呼ばれるからである。

そして冒険者には基本的に誰でもなれるので、世間的に名の売れていない冒険者に対する国民の心象はさほど良いものではない、と、レヴィもそれくらいは経験として知っていた。

「でも、私たちが協力を申し出て受け入れられるの？」

「現場指揮官次第だな。パーティーハウスを構える以上、この辺りの治安を任されている憲兵との付き合いもそれなりにある」

『で、わっちゃお前さんらが行くと、その女の子を助けられるってーのかい？』

クトーはいつも通りの無表情で、葉巻を三本取り出しながら平然と答えた。

「トゥス翁の協力があって、これを使えばな。そのためにリュウは【風の宝珠】を使わずにここに戻ってきたんだろう」

「そういえばそれ、何なの？　麻薬って違法の品じゃないの？」

戦争なんかに行く兵士には恐怖を紛らわすために与えられることもあるらしいが、見つかれば捕まるようなものだったはずだ。

しかしそんなレヴィに、クトーは銀縁メガネのチェーンをシャラリと鳴らしながら首を傾げた。

「この魔法薬が違法、などという話は聞いたことがないな」

「まほ……？」

「お前が紛らわしい言い方するからだろうが。レヴィは麻薬《オピオイド》だと思ったんだろ」

こめかみを指でトントンと叩くリュウを見て、自分の勘違いに気づいた。

「ああ、魔薬って、魔法の薬ってことなのね」

「これは感覚共有の媒体……発見者の名を取って【メリアレット・シガー】と呼ばれている」

クトーは無表情にリュウを見た。

彼が『一本よこせ』とでもいうように手を差し出すのに、器用に指先で弾いた葉巻を飛ばす。

リュウはそれを受け取って、先端をレヴィに向けた。

「クトーを軸にお互いの感覚を繋げられる。ミズチがいなかった頃はよく使ったもんだ」

「お前にも覚えがあるだろう。トゥス翁と視覚を共有する時と似たようなものだ」

「ああ……」

レヴィにも一本投げてよこしたクトーは、自分の葉巻に熱を発する宝珠で火をつける。

「トゥス翁」

立ち上った煙に目を細めるクトーの呼びかけに、トゥスがニヤニヤと言った。

『わっちはそれ、吸えねーんだけどねぇ』

「煙を取り込んでくれればいい。後、少し葉巻に触れてくれ」

その要望に、トゥスがふよん、と宙を漂って手を差し出した。

毛皮に包まれた手の先に葉巻の火がついた側を触れさせたクトーが、すぐに離す。

クトーはそのままリュウに近づくと、くわえて待っていた彼の葉巻にも火をつけた。

そして自分の口にした葉巻を指で挟んで固定すると、向かい合ったまま、火のついた先端同士を触れさせる。

「っ!?」

レヴィは、その光景に息を飲んだ。

ジジ、と葉巻が焼ける音と共にどこか清涼感のある香りが漂う。

クトーとリュウは、お互いを見つめ合っている。

特に感情は浮かんでおらず、しかもほんの一瞬の景色だったが。

――なんか、まるで、ちゅちゅ、ちゅーをしてるみたいな……！


と、うろたえるレヴィとは違い、魔法の効果を受けているトゥスが面白そうに笑みを浮かべた。

『へぇ、便利なもんさね。何人でも視界を繋げられるモンなんだねぇ』

「人数は術者の技量による。持続時間は、解除しなければ俺の魔力が続く限りだ」

最後に、クトーはレヴィに近づいてきた。

見下ろされて、上目遣いに彼を見るとぼそりと言われる。

「お前もだ」

「え……え!?」

「どうした？」

思わず後退るレヴィに、クトーが少し不思議そうな顔をした。

頬が熱くなるのを感じながら、レヴィは視線をさ迷わせる。

さっきリュウにしたのと、同じ事をするのだろう。

「な、なんか心の準備が……」

「何を訳の分からない事を言っている」

近づくクトーに、レヴィがさらに一歩後退るとそこはもう壁だった。

彼は壁に手をついて、軽く首をかしげる。

「時間は無限じゃないんだ。急ぐぞ」

クトーは言いながらレヴィの手の葉巻を取り上げると、それを口に突っ込んできた。

「むぐっ！」

「火をつける。むせないから吸い込め」

レヴィは言われて、反射的に息を吸い込んだ。

絶妙のタイミングでクトーは火をつけ、先ほど感じた清涼感のある香りが口と鼻一杯に広がる。

葉巻なんか、吸ったこともないのに。

そう思いながらクトーの顔を見ると、彼は不意に顔を近づけてきた。

青い目を持つ、それなりに整った顔が視界いっぱいに広がり、思わず目を閉じる。

口にしている葉巻の先に何かが当たると、クトーから得体の知れない感覚が流れ込んできた。

「……！」

「終わったぞ」

葉巻を口から取られて目を開けると、クトーはもう背を向けている。

彼はそのまま机の上にあった盆に水差しから水を注いで、二本の葉巻を放り込んで火を消した。

リュウが、ニヤニヤとトゥスと目を見かわしてから、自分の分もその中に入れる。

『ヒヒヒ。魔法よりも面白ぇね』

「違いない」

そのやり取りに思わずレヴィは二人を睨みつけるが、もちろん毛ほども効かずにそのムカつく笑みが消えることはなかった。

「何の話だ？」

まるでこちらの間に流れる空気に気がついていないクトーが、カバン玉に金属の箱と宝珠をしまって壁際の外套を手に取る。

「行くぞ」

レヴィは、脳裏に浮かんだトゥス、クトー、リュウの視界を見て、思わず顔を伏せた。

他人の視界から、自分の顔が真っ赤に染まっているのを見せつけられたからだ。

「……一体何の嫌がらせよ」

ブツブツと文句を言いながらも、レヴィは他の三人と共にパーティーハウスを出た。

現場に向かうとそれぞれに散り、リュウが表に集まっている憲兵たちの元へ向かっていく。

共感覚の中で、レヴィはそれを見ていた。

「リュウさん？」

「ブルームか」

憲兵と野次馬によって囲まれている商家を訪れると、こちらに気づいたブルームというらしい憲兵の青年にリュウは手を上げた。

「お前で良かった。ちょっと手伝わせろよ」

ブルームは若い青年で、この辺りの憲兵分隊長を務めている男だった。

負けん気と腕前は相当なものだが物腰が柔らかく、もう一人の分隊長よりもリュウと仲が良い。

「なぜリュウさんが？」

「人質がいるんだろ？」

問い返すと、それでブルームは納得したようだった。

「説得に耳を貸さなくて、困っていました」

「誰か殺されたか？」

「いえ、誰も……」

ブルームの言葉に、リュウは笑みを浮かべた。

「殺してたら死罪だっただろうな。なるべく生かして捕らえるから、やらせてくれ」

「一人でですか？」

ブルームの戸惑いに、リュウは横にある背の高い建物に顔を向けながら、首を横に振る。

「いいや。仲間が三人いる」


リュウの見上げた建物の屋上にちょうど着いたクトーは、その縁《ふち》から顔を見せて、ブルーム達の方を見下ろした。

ブルームがこちらを認識して手を上げるのに答えず、カバン玉から風竜の長弓を取り出す。

そのまま、繋がった視界で全員の位置を把握した。

「トゥス翁。準備はどうだ？」

魔法の効果で聴覚を繋げてクトーが問いかけると、姿を消しているトゥスが応えた。

『ヒヒヒ。このまま壁をすり抜けて、覗き見すりゃいいんだろ？』

「ああ」

レヴィは、商家の裏窓の近くで待機していた。

突入そのものはリュウがメインで、万一逃げ出した場合に備えてのことだ。

クトーの立つ建物から見える商家の窓は、薄い木の板が落とされていて中は見えない。


――だが、長弓の矢なら家の外壁は貫通できる。


後は視界の確保だけが問題だった。

トゥスが動き出して壁をすり抜け、部屋の中の様子がうかがえるようになる。

入口付近に一人、おそらくは外部との交渉役兼監視役だ。

部屋の中央付近に、縛られた少女とその首筋にナイフを突きつける男。

そして、レヴィの近くの窓際に一人。

合計三人の強盗らしい。

中央の男は窓から狙える位置にいたため、クトーは感覚を共有する仲間たちに呼びかけた。

「誰も答えなくていい。全員、中の状況を把握したな？　レヴィは窓のところにいる男の不意を打て。リュウは入口ごと監視役を叩け。人質を取っている男はなるべく第一射で行動不能にするが、抵抗されたら始末していい」

動きを伝えながら、クトーは長弓に魔力の矢をつがえた。

「トゥス翁は、俺が見ている窓の近くに移動して中央の男を見ていてくれ。矢が刺さったら全員突入。レヴィは、少女を確保したらそのまま入口から出て憲兵に保護させろ」

クトーは目を閉じ、頭の中に景色を思い描いた。

トゥスの視界から得られた情報を自分の位置と照らし合わせ、風の動きを読む。

微風なので、さほど影響はない。

二つの視界に合わせて弓の向きを微修正したクトーは、カウントダウンを始めた。

「3、2、1……」

矢を、0のタイミングで解き放つ。

キュン、と薄い板を貫いた矢は、トゥスの横を抜けて狙い違わずに人質を取る男の肩を射貫いた。

悲鳴を上げて男がナイフを取り落とすのと同時に、リュウとレヴィが動く。

リュウは一足飛びに跳ねてドアに突っ込み、派手な音と共に後ろにいた男ごと蹴り倒した。

レヴィは【毒牙のダガー】で窓を塞ぐ木板を腐蝕崩落させる。

そのまま窓枠を掴んで身を潜り込ませると、驚いて人質の方を振り向いていた窓際の男の後頭部に、両足を揃えて蹴りを見舞った。

薄暗かった家の中が一気に明るくなる。

リュウは肩を押さえる男に向かって、レヴィは窓際の男を蹴り倒した勢いのまま少女に、それぞれに突っ込んでいった。

リュウの肩口からの体当たりを食らって男が吹き飛んだ足元で、矢が命中すると同時に動き出していたトゥスがレヴィに憑依する。

レヴィは強化された膂力で少女を抱き上げて、入口から外へ駆け出した。

自分の視界でそれを確認したクトーは、少女がブルームに保護されるのを見届けて伝達する。

「リュウ、そのまま商家を抜け出して帰れ。レヴィ、目の前にいるのはブルームに、落ち着いたら後でパーティーハウスに来いと伝えろ。そこで賠償の有無と協力報酬の話をする」

クトーは商家に突入する憲兵や野次馬に見られない内に、奥へと引っ込んだ。

窓板二枚とドアは弁償が必要だろう。

事前交渉をしていないので依頼報酬は望めないが、協力報酬でチャラに出来そうなくらいだ。

わずかな時間とシガーを使った以外に支出もないので、後は魔法薬の補塡くらいで手を打っても特に問題はない。

クトーはそれ以上興味もなくなり、その場を後にした。


「結構上手く行ったわね」

全員が即興で動いた割に連携を潰さなかった事に安堵しながら、レヴィはつぶやいた。

『ヒヒヒ。兄ちゃんの手にかかりゃ、大したことでもなかったんだろうからねぇ』

「でしょうね」

トゥスが体から抜けた感覚がする。

何よりも少女に怪我がなくて良かった、と思っているレヴィに、ブルームが問いかけてきた。

「君は？」

彼の腕の中で、まだ戸惑った様子の少女に笑みを向けてからレヴィは答える。

「最近、レイドの見習いになったレヴィよ。クトーが後でパーティーハウスに来いって」

「え？　いやちょっとこれから結構手続きがあるから、できたら一緒に来て欲しかったのに」

「知らないわよ、そんなの」

レヴィは言われたことを伝えただけだ。

しかしそのまま場を後にしようとしたら、肩を掴まれる。

「何よ？」

「いやだから、待ってってば。どうせクトーさんがするはずのお金の話は後でもいいけど、事情聴取の書類は必要なんだって。リュウさんも嫌がるだろうから、君が詰所まで来て」

「は!?　私だって嫌よそんなの！」

レヴィは書類仕事が嫌いなのだ。

だが、ブルームの力は思ったよりも強くて、トゥスの助力なしでは振り払えなかった。

『頑張るこったねぇ、嬢ちゃん』

「あ、ちょっと逃げる気!?」

姿を消したままのトゥスとレヴィのやり取りにブルームがいぶかしげな顔をしたが、深く追及してこなかった。

そして押し問答の末に、詰所に行く事を承諾させられてしまう。

彼が少女を家族に引き渡し、処理が終わる間に商家の人々が喜んでいるのを見ながら、レヴィはうんざりとため息を吐いた。

「ああもう。これって完全に貧乏くじじゃない……」

レヴィが嘆いていると、少女を連れた家族がこちらを見て頭を下げた。

「あの、ありがとうございました……！　なんと、お礼を言っていいか……！」

「へ？　えっと……」

言われた通りに動いただけのレヴィは面食らった。

しかし礼を言われて何も言わないのもどうかと思い、視線をさ迷わせると、少女と目が合う。

レヴィは軽く頭を掻きながら、曖昧に笑みを浮かべた。

「えっと……無事で良かったわね？」

そう少女に声をかけたレヴィに、少女も細い声で、ありがとう、と言ってくれた。

『ヒヒヒ。人の世ってのは、いつでも汚くて困ったもんだねぇ』

帰り道で追いついてきたトゥスが言うのに、クトーは小声で問い返した。

「どういう意味だ？」

『なに、誰も彼も金に縛られて、困りごとも多そうだと思っただけさね。わっちからすりゃ皆、自分から己を縛って生き辛くなってるとしか思えねーんだよねぇ』

ミズチとの打ち合わせを終えてパーティーハウスに向かいながら、クトーは小さく首をかしげた。

「人間は群れで生きる。金で助けを得られるのであれば、むしろ楽だと思うが」

『だが、それがない奴や得るための頭がねー奴はその限りじゃねーさね。今の連中みたいにねぇ』

兄ちゃんが誰も彼も救えるわけでもねーしねぇ、と。

トゥスは軽い口調で言ったが、彼の立場からすれば本当に生き辛そうに見えるのだろう。

生きる糧を必要なだけ口にし、仲間と共に平穏に過ごせさえすればそれでいいとクトー自身も思ってはいるが、しがらみというものは街に生きる限りどこまでも残り続ける。

そろそろ暑さも増してきた昨今は、金を稼ぐためにあくせくしている者には寒さと同じくらい辛い季節でもあった。

往来の物影に座り込んで休んでいる商人や旅人の姿を見ながら、クトーはトゥスが何を言いたいのか考えてみる。

「農村で作物を耕していた頃は、確かに金勘定などあまり考えはしなかったな」

天候に左右されて作物があまり取れなかった時期など、少しひもじい思いをしたこともあったが、それだとて死ぬほどではなかった。

しかし旅を続け、数多くの人々と出会う内に分かったこともあった。

「ホアンは、そうした不公平な状況を少しでも減らす努力をしているように見えるがな」

クトーは、九龍王国の国王の名を挙げた。

権力と富を蓄えて彼のしていることは、治水を行ったり、レヴィが住んでいたような開拓地の助力をしたり、民の暮らしをより良くするための富の再分配だ。

『だが、そうでもない奴もいりゃ、自分のことしか考えないこすっからい奴もいらぁね』

「否定はしない。が、ただ汚いだけではないとも思う」

少なくともこの国は、より良い方向に向かっているようにクトーの目には見える。

個人個人の資質に関しては……人とはそういうものだ、という感想しか出てこないのだが。

「翁もそうだろう。他者に興味がなくとも、真摯に振る舞う者まで見捨てようとはしないはずだ」

『そいつは買い被りだねぇ。わっちは面白ぇことが好きなだけさね』

「世の中はそういう風に、自分を貫きながら強く生きることの出来る者ばかりではないからな」

一人で生きる心の強さ、自然の厳しさを是とする意思、厳しさを楽しめるだけの精神。

そうしたものを、備えていればこその生き方だ。

『兄ちゃんもそうじゃねーのかい？』

「俺は、仲間もなしで一人で生きる事は出来ん。心が弱いからな」

かつて、クトーは一人でいることが寂しいことだという事実すら知らなかった。

『寂しさは、一人ならただの寂しさのままだ。その意味を知るほど、戻りたくなくなる』

クトーの内心を読んだかのように、トゥスは反論してきた。

「自覚してしまった後は、寂しさに耐えることはできても楽しくはないだろう」

そういう意味では、幼い頃からクトーは何一つ変わっていないのだ。

ゆえに、目まぐるしく変わり続けるレヴィを眩しく思う。

『どうだろうねぇ。わっちは弱さを知り、己を知ればこそ、一人を選んだからねぇ』

あくまでも飄々とした口調で、仙人は続けた。

『自然を生きるが楽しいのは、そりゃ否定は出来ねぇがね。そんなわっちも、人の性《さが》に未だに縛られてる程度の存在さね』

「そうなのか？」

『でなけりゃわざわざ、面白ぇヤツを見つけてついて行こうとは思わねーよねぇ。人と関われば、寂しさは埋まる。だが埋めたものを失えば、より大きな寂しさを知るはめになる』

話すうちにパーティーハウスが見えてきた。

姿を消したトゥスの顔は見えないが、彼は独白するように続ける。

『今は良いが、いずれお前さんたちとも別れる。そして大きな寂しさを胸に思うのさ。わっちの生き方は、それなりに良いもんじゃねぇか、とね』

「……トゥス翁も、別れる事実を寂しいと思うのか」

『わっちはお前さんたちが気に入ってる。それが答えさね』

「……別れた後でも繋がりゃ絆は切れない、と信じるのは、甘いか」

『いんや。絆は残るさ。お前さんがそれを大切にし、向こうも大切にする限りはねぇ。それでも人は変わることもありゃ、二度と会えなくなることもあるさね』

「……そうだな」

バラウールとのそれも、コウンとのそれも……仲間との別れは、いつだって寂しいものなのだ。

『わっちは、お前さんはいつまでもそのまんま変わらない気がしてるけどねぇ。嬢ちゃんは変わるかも知れん。そん時、お前さんはどうすんだい？』

「変わる時、か。それは、レヴィが変わってから考えるが……」

クトーはメガネのブリッジを押し上げた。

トゥスの言う通り、彼女は今後成長し花開くだろう。

だが咲かせた花が、美しいとは限らない。

トゥスが言いたいのはそういうことなのだろうと思う。

「なるべく、美しく変わるように。そう願って手助けをすることくらいしか、俺には出来ん」

『ま、そうだろうねぇ。未来は大概の人間にゃ分からんもんだからねぇ』

トゥスとの話は、それで終わりだった。

「つ、疲れた……」

事情聴取を終えて部屋に戻ったレヴィは、ばたりとベッドに倒れこんだ。

もう服を脱ぐのも面倒くさくなってウトウトと微睡み始めると、なぜか昔のことを思い出す。

ほんの数ヶ月前なのに、もう遥か過去のように感じられる出来事を。

その日、フシミの街にある、冒険者ギルドの前でレヴィは怒りをこらえて歯ぎしりをしていた。

「あいつら……！」

ムカムカとした気持ちとともに頭に思い浮かべていたのは、小憎らしい顔をした冒険者パーティーの仲間たち……いや、元仲間たちだ。

短気で太っちょのスナップ。

愚鈍で体の大きいノリッジ。

人を小馬鹿にするデストロ。

一人飄々としたバラウール。

南の街にある冒険者ギルドで出会い、一緒に王都に向かうことになった四人組である。

今にして思えば、親切そうな顔で近づいてきた奴らを信用したのが間違いだった。

「攻撃が当たらないくらい、なんだってのよ！」

自分たちなんて強い魔物が出たらすぐに逃げ出すくせに、事あるごとにそれをバカにされた。

奴らだって小物なのだ。

この街に来るまでの間にあいつらがやったことと言えば、大規模なキャラバンの護衛兼荷物持ちとしてついていったりとか。

あまり強い魔物のいないダンジョンで小遣い稼ぎしたりとかばっかりだった。

それにしたって、レヴィが何度か不意打ちされそうになってるのに気付いたからケガしなくて済んだこともあったのに。

そのくせ、魔物を退治してもその報酬をレヴィに渡さないのである。

最初は倒してないからと我慢していたが、この辺りに来てついに持ってきた路銀が底をついた。

それで分け前がないことに文句を言ったら、預けていた荷物を勝手に売り払われたのだ。

——あんなヤツら、信用するんじゃなかった。

悔やんでももう遅くて、今、レヴィが持っている路銀は銅貨二枚だけ。

朝ごはんにパンを買ったらおしまいだ。

どうにかしてお金を稼がなきゃ、と思ってギルドに来て、とりあえず中に入ってみた。

朝一番なので、依頼を受けに来た冒険者がいっぱいいる。

その中に紛れ込んで最初に掲示板の案内を見てみたが、ランクFの依頼でも、数字の方がレベル5～とかになっていて、レヴィでは引き受けさせてもらえないだろう。

反対側に平積みされている台に向かうと、こっちではランク1（F）からの依頼があった。

薬草採取とか、木の実拾いとか、街のゴミ掃除とか、なんか子どものお手伝いみたいな依頼だ。

「こんなのじゃ、稼げないわよね……」

うーん、とレヴィは腕組みして悩み、少ししてひらめいた。

とりあえず依頼を受けて街の外に出れば、魔物退治の依頼じゃなくても報酬が受け取れる、とデストロが鼻につく言い方で教えてくれたことがあったのだ。

その時に、バラウールが呆れた顔で頭を横に振っていた気がしたが、深くは考えない。

「ふふん、私賢い……！」

レヴィは思いついた名案を自画自賛しながら適当に薬草採取の紙を取り、窓口に向かう。

自分が、ちょっと本気になれば本当は魔物くらい余裕で倒せるのだ。

実は、投げナイフには自信がある。

人前でやるのはなんかカッコ悪いからやらなかったけど、誰も見てないところでなら。

「……ちょっとナイフを投げて魔物を倒したら、路銀くらいは稼げるわよね」

それにこのまま、何もしなくてもお腹は空くのだ。

列に並んだ後に窓口の前に立ったが、担当の職員は忙しいからか、ちょっと無愛想だった。

レヴィの格好と依頼内容をチラリと見て、冒険者証を、と言われて渡す。

それを見て顔をしかめたギルド職員は、横にある宝珠にかざしてから面倒そうに口を開いた。

「失礼ですが、レヴィ・アタンさん？　今まで、ご自身でギルドで依頼を受けたことは？」

「ないけど」

いつもデストロ達が依頼を受けて、大体ギルドの外で待っていた。

窓口職員は、とりあえず手続き方法を教えてくれたので、その通りに書類を記入して行く。

「えー、では、最初に説明しておきますね……」

なんかダルそうに紙束を取り出す窓口職員に、ちょっとムカムカが溜まっていたレヴィは、出来上がった依頼書の片方を手に取った。

「別にいい。薬草採って帰ってくるだけでしょ?」

何の説明が必要なのか知らないが、そもそもレヴィは薬草採取をする気なんかまるでないのだ。

さっさとその場を後にすると、あ、と声が聞こえたが、無視する。

どうせ列も詰まってるし、追いかけてくる余裕はないだろう。

少し進んで振り返ると、案の定、次の冒険者が窓口に並んでおり、職員はそちらを対応していた。

「ふん、どーせランクが低いからってナメてるんでしょ。見てなさい……!」

あの職員も、ちょっとレヴィがランクの高いの魔物でも退治してくれば態度を改めるに違いない。

「～♪」

魔物退治のお金に思いを馳せながら、レヴィは最後の路銀でパンを買い、食べながら街を出た。

「一人って気楽ね!」

こんな晴れやかな気分で冒険に出るのは久しぶりだ。

レヴィは足取りも軽く、王都方面にある森に向かって歩いていった。

あの辺りなら、魔物がいるに違いない――そう思ってのことだったが。

「ふ、ふざけんじゃないわよっ!」

レヴィは、森に入るなり出会って飛びかかって来た魔物の爪を避けながら叫んだ。

「なんでいきなり三匹同時に出てくるの!?」

背中を見せた魔物に対して手に持ったダガーを振るおうと振り上げたが、視界の隅に別の一匹がグッと足に力を込めたのが映って足を止めてしまう。

「ああもう！」

レヴィは、空中に飛び上がったそいつの攻撃が絶対に届かないくらいの位置に飛び退った。

森に入ってしばらくして見かけたのは、レヴィにとって最強の、腰くらいまでの大きさがあるネズミのような魔物……ビッグマウスである。

しかもこの魔物は。

『カラブリ！　カラブリ！』

『ヘイヘーイ！　アタラナイゼ！』

『ビビッテンヨー！』

この、悪口みたいに聞こえる鳴き声によって、めちゃくちゃムカつくのである。

「うるっさいわねぇ！」

嘲るような言葉にカッとなりながら突撃するが、ダガーはなぜか空振りしてしまう。

投げようにもこの状況では、一本しかない武器を失うことになる。

「大勢で襲って来るなんて卑怯じゃない！」

だが、ビッグマウスはその言葉にもバカにしたような鳴き声を返してくるだけで、当然ながら正々堂々と戦ったりはしないのだ。

ちょっとだけ、逃げようか、という気持ちが頭をよぎった。

が、敵に背を向けるのは……特にこのビッグマウス相手にそれだけはしたくない。

「このぉお！」

結局、避けて避けられの戦いを数十分ほど繰り返すはめになった。

が、膠着状態の終わりは、レヴィが攻撃を避けて転がった直後に唐突に訪れる。

ヒュン、という風切り音の後に、一匹のビッグマウスが額に何かを受けて倒れたのだ。

「へ？」

思わず声を上げたレヴィが何が起こったのか把握する前に、横を疾風が駆け抜ける。


――人？


そう思った直後に重い音の二重奏が響き、残りのビッグマウスも地面に伏して動かなくなった。

「……無事か？」

そう声をかけてきたのは、たった今ビッグマウスを始末した、見覚えのない銀髪の男だった。

背は高いが細身で、使い込んだ黒い外套を身につけている。

手に旅杖を握っていて、銀縁メガネの奥にある青い目は冷たそうな色を浮かべていた。

大して強そうには見えない、ギルドの窓口職員のような仕事をしている方が似合いそうな奴だ。

――多分冒険者なんだろうけど、信用出来なさそうね。

大体この手のスカしている奴は、嫌味ったらしいに違いない、とレヴィは決めつけた。

「あなた、誰よ？」

警戒しながら、その男に向かってダガーを構える。

それが、やがてレヴィにとって目標の一人になる……クトーとの、出会いだった。

あとがき

さー本日も始まりました、文章芸人ｐｅｃｏによる独演会のお時間でございます！
読者の皆様におかれましては、本編の方はいかがだったでしょうか？
お楽しみいただけていれば、作者としては幸いにございます！
さて。
散々、あとがきが苦手苦手と言っていた私でございますが！
気づいたのでございますよ！　ええ、気づいたのでございます！
あとがきを書くために！
今、興味のある分野を本文にぶち込んで！
その解説をしてしまえばいいのだとッ！
……うん？　本末転倒？
細かいことは気にしてはいけません。

たとえ私欲まみれの事情であれ、本文が面白く書けていればそれでいいのだ！

いえすいません調子に乗りましたただ楽しく書いただけですすみません！（ドゲザァ）

しかし、なぜ今興味のある分野を突っ込む、なんてことが出来たのか。

その理由は、この三巻が、書き下ろしだからでございますよ！

本を買った人しか読めないお得感、これは私、非常に大事だと思っているのです。ええ。

ということで、どうぞお楽しみ下さいませ！


……ほらね？　必要なことだけ書くと全然紙面が埋まらないんですよ。

ですがご安心ください、先ほども述べました通り、今回は私、ネタをご用意いたしております。


本編中に出てきた様々な楽曲の、元ネタというやつです！

今回の音楽は、ユーチューブで公式が上がっているので、そちらを見れば一体どのような曲をキャラが演奏したり歌ったりしたのか一目了然！　聴いてみてね！


というわけで早速参りましょう！

曲名①『迫り来る海賊のテーマ』

これの元楽曲はあの有名な『PIRATES of the CARIBBEAN』でございます。ジョニー・デップな海賊のメインテーマですね。

これを、『2CELLOS』というアーティストが演奏しているバージョン、これをクトーさんが弾いております！

曲名②『影なる騎兵』。

続きましては、同じく『2CELLOS』のオリジナル楽曲『影武者』でございます。これをクトーさんとリュウが向かい合って演奏している場面を想像してください。

……めっちゃ良くないいっすか？　良くないいっすか!?

曲名③『遥か故郷へ』

金曜ロードＳＨＯＷ！でお馴染み『耳をすませば』のメイン楽曲にもなっている、あの有名な『カントリー・ロード』でございます。

これをクトーさんのチェロでレヴィが伸びやかに歌っております。

故郷への憧憬を思わせる楽曲を、故郷を出た前向きな少女が歌う、これおっさんにはたまらんですよ、ええ！

曲名④『果てなき旅路』
『Avicii』の『WAKE ME UP』。日本語訳の歌詞が凄く良いんです。今回の雑用本編のメインテーマですね。前述の『2CELLOS』カバーバージョンもあるんですが、これに関しては『J.Fla』のカバーを是非とも聞いていただきたいです！　レヴィが！　歌ってる！　みたいな！

曲名⑤『挑戦に祝福を、傲慢に災禍を』
『Sia』の『THE GREATEST』。これも『J.Fla』のカバーから聴いたんですが、内容が凄く好きです。
『あぁ、息切れしてる、でも、私にはスタミナがある。～諦めないで、私も諦めない』
……レヴィ！

おまけ『Ed Sheeran』の『Shape Of You』。

これも『J.Fla』のカバーから。原曲ももちろん、これは『TRiECHOES』さんの箏によるカバーもめちゃめちゃかっこいいのでオススメ。

これは何かとゆーと、クトーがレヴィを見てるような曲。

君の心にも惚れてるが、やっぱり君の姿に夢中なんだ、という歌詞なのですね。

レヴィを着飾ることにご執心なクトーさんはどこまで行くのか！

というわけで４ページ！　埋まった！（計画通り）

クトーさんの休暇は、これで終わり！

三巻が売れに売れて四巻があれば副題が変わるでしょう！　でわでわ！

※※※

編集Ｓ嬢「ぺこりんぺこりん」
作者Ｐ「は、どうされましたかＳ様」
編集Ｓ嬢「計画通り４ページって言ってますけど、ページ数、超えてますよ？」
作者Ｐ「なん……だと……!?」
編集Ｓ嬢「→ほら。残念でしたねー♪　このままだと一枚白紙になっちゃうので、６ページまで増やして下さいねー♪」
作者Ｐ「いや、へ、減らしますよ？　そうしたら収ま」「６ページでもいいんですよ？」「はい」

いやしかし。

せっかく紙面を埋めるために頑張ってはみ出して余計に増える、というのは本末転倒なのでは。

……この理不尽に、断固抗議するッ！（ババーン！）

とかいうことはまぁね、そんな出来るわけないっすよ。ほら、心の中で思ってってもあれですよ。

仕事出来る同僚に、真面目にやる気ない系リーマンがちょっと遠慮しちゃう的な心境っていうか。

そういう相手にやれって言われたら、相手が正しいような気がしちゃうみたいなアレ。

(→※別に強要されたわけではないことをSさんの名誉のために伝えておきますね。SさんはドSですが、人当たりの柔らかい素敵な美人さんです。右記は半分くらい創作です)


いや、本当に縮めようと最初は思ったんですけどね。

このやり取りがネタ的に美味しいと思っちゃっ(以下略)ってことで、伸ばしました。


さて、今度こそ本当にお別れの時間です!

佐藤貴文先生による雑用係のコミカライズも、コミック アース・スターにて好評連載中です!

そちらもよろしくお願いいたします!

また、三巻まで魅力的なイラストを描いていただいたbun150さん、ご尽力下さいました出版関係者の皆様にも謹んでお礼を申し上げます。

そして何より、お付き合いいただいた読者の皆様、ありがとうございました!

これからの人は、ぜひ本編もお楽しみ下さいませー♪

3巻発売
おめでとう
ございます!!

コミカライズも合わせて
よろしくお願いします!!

佐藤貴文

がココにある。
私の従僕
私、能力は平均値
でって言ったよね!
二度転生した少年は
Sランク冒険者として平穏に過ごす
～前世が賢者で英雄だったボクは
来世では地味に生きる～
転生したら
ドラゴンの卵だった
～最強以外目指さねぇ～
戦国小町苦労譚
領民0人スタートの
辺境領主様
毎月15日刊行!!
https://www.es-novel.jp/

あなたの“好き”
反逆のソウルイーター
～弱者は不要といわれて
剣聖（父）に追放
されました～
転生した大聖女は、
聖女であることをひた隠す
冒険者になりたいと
都に出て行った娘が
Sランクになってた
即死チートが
最強すぎて、
異世界のやつらがまるで
相手にならないんですが。
人狼への転生、
魔王の副官
アース・スター ノベル
EARTH STAR NOVEL

ジーク CV: 鈴木崚汰
×
シェリー CV: 日高里菜
お嬢様《悪魔》はいつだって
最強で
あらせられます――

シリーズ累計
55万部突破!
2億1000万PV超の
大人気転生ファンタジー

EARTH STAR NOVEL

最強パーティーの雑用係
～おっさんは、無理やり休暇を取らされたようです～ 3

発行 ―――― 2020年2月15日　初版第1刷発行

著者 ―――― peco

イラストレーター ―――― bun150

装丁デザイン ―――― 石田 隆（ムシカゴグラフィクス）

発行者 ―――― 幕内和博

編集 ―――― 齋藤芙嵯乃

発行所 ―――― 株式会社 アース・スター エンターテイメント
〒141-0021　東京都品川区上大崎 3-1-1
目黒セントラルスクエア　5 F
TEL：03-5561-7630
FAX：03-5561-7632
https://www.es-novel.jp/

印刷・製本 ―――― 中央精版印刷株式会社

ISBN 978-4-8030-1386-3